KB055670

로크미디어가
유혹하는
재미있는 세상

ROK
MEDIA
로크미디어

폐황제가
되었다

폐황제가 되었다 5

2021년 5월 3일 초판 1쇄 인쇄
2021년 5월 7일 초판 1쇄 발행

지은이 송제연
발행인 김정수 강준규

기획 이기헌 왕소현 박경무 강민구
책임편집 오영란
마케팅지원 배진경 임혜솔 송지유 이영선

발행처 (주)로크미디어
출판등록 2003년 3월 24일
주소 서울시 마포구 성암로 330 DMC첨단산업센터 318호
Tel (02)3273-5135 **편집** 070-7863-8596 **Fax** (02)3273-5134
홈페이지 rokmedia.com **E-mail** rokmedia@empas.com

ⓒ 송제연, 2021

값 8,000원

ISBN 979-11-354-9654-7 (5권)
ISBN 979-11-354-9533-5 04810 (세트)

폐황제가 되었다

송제연 판타지 장편소설 ⑤

ROK
MEDIA

로크미디어

Contents

가까워진 하늘산맥

레막은 집채만 한 바위에 서서 주변을 살폈다.

사방이 산으로 둘러싸여 있는 와중에 멀찌감치 떨어진 북쪽 산 중턱에서 연기 같은 것이 피어오르고 있었다.

산속에서 연기가 피어오른다는 것은 누군가 있다는 것을 뜻했지만 무슨 이유에서인지 레막은 그다지 신경을 쓰지 않았다.

레막이 등 뒤로 손바닥을 내밀었다.

그와 동시에 곱게 접힌 양피지가 레막의 손에 놓였다.

그는 양피지를 펼쳤다.

양피지에 담겨 있는 것은 지도였다.

지도를 살피던 레막의 입이 열렸다.

"산 아래에 있는 도시가 뭐라고 했지?"

레막의 뒤에서 대기하고 있던 첫 제자가 재빨리 대답했다.

"시톰스입니다."

"생각보다 빨리 왔군."

시톰스라면 중부와 북부 경계선에 자리 잡은 도시다.

과거, 제국이 건재했던 시절에는 황도와 북부를 연결하는 중요 거점 도시로서 영화를 누리던 곳이었다.

"시톰스가 정확히 어디에 있느냐?"

"거리를 정확히 파악하긴 힘들지만 남동쪽으로 30km 정도 떨어져 있습니다."

"시톰스 위로 올라가면 펜토스가 있을 건데?"

"자잘한 마을을 제외하고는 도시라고 부를 곳이 없었습니다."

"서쪽엔?"

"산맥이 끝나는 지점에서 강이 보였습니다."

"시톰스 서쪽에서 강이라고 부를 만한 것은 소랄강밖에 없으니까 대충 이쯤이겠군. 조금 무리한다면 이번 달 안에 하늘산맥에 도착할 수 있겠어."

"예상보다 빠른 속도인 것 같습니다."

"그래. 실험다운 실험을 제대로 할 수 없었으니까."

레막은 단순히 황제를 암살하고자 이번 일에 나선 것이 아니었다.

황제 암살은 물론이고 평생을 바쳐서 만든 실험체의 성능을 살피고 싶었던 것이다.

"스승님."

"할 말이라도 있느냐?"

첫 제자가 머뭇거리다가 말했다.

"소문에 의하면 데로트 가문이 알렌 후작을 공격할 준비가 끝났다고 합니다."

"데로트 가문이 첫째에게 넘어갔으니 당연히 그렇게 되겠지."

레막은 대수롭지 않게 말했으나 첫 제자의 표정은 여전히 심각했다.

"동원된 병력이 20만입니다."

"많이 데리고 왔군. 첫째 놈이 그래도 추진력은 있는 모양이야. 하긴 그러니까 병신 같은 둘째를 밀어냈겠지."

"큰일 아닙니까?"

"20만이라는 병력이 무섭더냐?"

"20만 병력이 로강에 집결을 마쳤다고 합니다. 이 소식이 중부 지역까지 전해지면서 알렌 후작을 따르던 자들이 이탈하기 시작한 것 같습니다."

레막이 눈을 찌푸렸다.

"병신 같은 놈을 하나 더 추가해야겠군. 알렌 그놈은 처음부터 마음에 들지 않았지."

"이대로 있다가는 애써 공들인 알렌 후작이 무너지게 될 것입니다. 차라리……."

"차라리 뭐?"

"이쯤에서 빠르게 남쪽으로 내려간다면 데로트 가문이 동원한 20만 대군과 만날 수 있을 겁니다."

레막이 고개를 돌려 첫 제자와 눈을 맞추었다.

"거기에 실험체를 풀어놓자는 것이냐?"

첫 제자가 황급히 두 손을 흔들었다.

"아닙니다. 그렇게 했다가는 오대 교단이 대대적으로 들고 일어날 것이 아니겠습니까. 저는 독이나 저주를 이용해 적에게 타격을 주면 어떨까 싶어서 말씀드리는 것입니다."

레막이 첫 제자를 유심히 바라보다 물었다.

"길드 일에 관심이 많구나. 부길드장 자리가 탐나는 것이냐?"

"아, 아닙니다."

"못난 놈. 하고 싶은 것이 있으면 드러낼 줄도 알아야지. 스승 앞이라고 그리 주눅 들어 있어서야 되겠느냐!"

"죄송합니다. 스승님의 첫 번째 제자로서 서클을 포기한다는 것이……."

"부길드장이 된다고 출신 서클이 사라지는 것은 아니다. 물러난 후에 복귀하면 그만이다. 어쨌든 우리 쪽 서클에서 한동안 부길드장이 없긴 했지. 다음번 부길드장 자리는 노려 봐도 괜찮을 것 같긴 하다."

레막의 긍정적인 반응에 첫 제자가 눈을 동그랗게 떴다.

"정말이십니까?"

"아니라고 하더니, 욕심이 있었던 모양이구나. 쯧, 마음이 딴 곳에 있으니 고리가 엉망이지."

"제자가 불민하여……."

"네 뜻은 알겠지만 새로운 부길드장을 뽑으려면 아직 10년 은 더 있어야 한다. 벌써부터 설레발칠 필요는 없다."

"명심하겠습니다. 그런데 아까 말씀드린 것은 어떻게 생각 하십니까?"

"데로트 놈들에게 타격을 주자는 것 말이냐?"

"그렇습니다. 시간이 지체되긴 하겠지만 분명 도움이 될 것 입니다. 그리고 코렌스에 숨어 있는 황제는 더 이상 도망갈 곳 도 없을 테니까요."

레막은 양피지 지도를 접어 첫 제자에게 넘기며 말했다.

"아서라, 이미 그에 대한 대책은 마련되어 있다. 너희들이 보기엔 길드가 답답하게 느껴질 수도 있겠지만 눈에 띄지 않 는다는 것은 그만큼 치밀하다는 뜻이야. 그러니 괜한 곳에 신 경 쓰지 말고 고리의 응집력이나 제대로 키우도록 해."

스승의 충고에 첫 제자는 데로트 가문과 알렌 후작에 대한 문제를 머릿속에서 깨끗이 지워 버렸다.

"네, 스승님의 기대에 부응할 수 있도록 최선을 다하겠습니다."

"길드 일에 관심을 가지는 것은 좋지만 너무 깊숙이 관여할 필요는 없다. 공연히 욕심을 드러냈다가는 견제를 받을 수도 있으니까. 더구나 이번에 최종 실험체의 능력이 알려지면 견제가 더욱 심해질 수도 있어."

"부길드장 자리가 그리 치열하게 경쟁하는 자리입니까?"

레막이 혀를 찼다.

"부길드장을 노린다면서 길드에 대해 그리 아무것도 몰라서야 되겠느냐. 넌 우리가 연구에 필요한 것들을 어디서 공급받는다고 생각하느냐?"

"길드입니다."

"그래. 연구 자금도 전부 길드가 보내 주는 것이다. 부길드장은 연구 자금을 얼마든지 조정할 수 있다. 마음만 먹는다면 적게 줄 수도 있고 많이 줄 수도 있지."

"아, 그래서 다들……!"

"쯧쯧, 부길드장을 노린다는 놈이 이리 간단한 것도 생각하지 못해서야."

"앞으로 관심을 가지고 지켜보도록 하겠습니다."

"그건 네가 알아서 하고. 그것보다 나머지는 왜 이리 늦어? 이쯤이면 정리하고 왔어야 할 것인데."

"실험체를 제어하고 있을 겁니다."

레막은 혀를 찼다.

"이쯤 되었으면 익숙해질 때도 되었건만."

"완력만 남겨 준 상태인지라 실험체의 광기가 더욱 치솟아 오른 것이 아닐까 합니다."

동부 지역에서 시톰스까지 이동하는 동안 실험체에 의해 파괴된 마을이 12개였다.

12개나 되는 마을을 파괴하고 족히 2천여 명을 죽음으로 몰아넣었음에도 실험체의 전투 능력을 정확히 파악하지 못한 상태였다.

실험체가 사냥감을 확인하는 순간 뿜어져 나오는 강력한 독으로 순식간에 마을 사람들이 전멸해 버렸기 때문이다.

그래서 실험체가 피에 심취하여 광기로 빠져들 기회가 만들어지지 않았다.

자그마한 마을에 실험체의 독기를 이겨 낼 만한 실력자는 존재하지 않았다.

마을에 거주하는 몇몇 사냥꾼들이 저항에 나서긴 했지만 그 숫자는 미미했다.

레막은 이대로는 만족할 만큼 자료를 수집하기 어려울 것이라 여기고 실험체의 독기를 틀어막았다.

레막이 틀어막은 것은 독기만이 아니었다.

실험체에게 피의 광기를 일으키도록 유도해야 했기에 완력만 남겨 두고 다른 기능들까지도 완전히 봉인시켜 버렸다.

첫 제자가 레막의 눈치를 보며 물었다.

"제가 가서 도울까요?"

레막이 고개를 저었다.

"다섯이나 달라붙어서 실험체 하나 제어하지 못해서야 되겠느냐. 어떻게든 해야지."

첫 제자가 걱정스럽게 말했다.

"근처에 시톰스가 있습니다. 만약 사제들이 광기 제어에 실패하면 실험체가 시톰스로 내려갈 수도 있지 않겠습니까."

레막은 미간을 좁혔다.

하늘산맥에 도착하기 전까지는 최대한 은밀히 움직여야 했다.

오늘까지 13개 마을을 초토화시키긴 했지만 모두 산속 깊숙이 있는 마을들이었다.

하지만 시톰스가 실험체에게 공격당한다면 골치 아파진다.

물론 좋은 점도 있다.

실험체의 전투력이 어느 정도인지 정확히 파악할 수 있을 것이다.

시톰스 정도의 도시라면 경비병을 비롯해 상당수의 기사까지 있을 테니까.

욕심 같아선 시톰스에 실험체를 풀어놓고 싶었지만 아직은 때가 아니었다.

레막은 연기가 피어오르는 북쪽으로 발걸음을 옮겼다.

실험체를 풀어놓은 마을이 있는 곳이었다.

폐황제가
되었다

레막과 제자들이 하늘산맥에 점점 가까워지고 있을 때, 새바위 마을에서 하늘산맥을 넘으려는 무리도 출발을 눈앞에 두고 있었다.

───※───

로인은 하급 관료들이 올려 보낸 서류를 훑고 빠르게 결재했다.

옆에서 보고 있노라면 제대로 살피는 것이 맞나 싶었지만 로인에게 실수란 다른 세상의 일이었다.

실수는커녕 하급 관료들이 작성한 서류의 오류를 찾아내 바로잡아 버렸다.

로인이 바로잡은 서류는 하급 관료들이 모여 있는 사무실로 내려갔다.

로인이 확인한 서류가 사무실로 들어오자 다들 머리를 부여잡고 비명을 내질렀다.

"벌써 확인하셨다고?"

"지난주에 한 약초 창고 재고 수량 파악을 다시 해라. 관리관님 말로는 상단에 넘어간 것이 체크 안 된 것 같대."

비서의 말에 하급 관료 하나가 벌떡 일어나 소리쳤다.

"그럴 리 없어!"

"관리관님이 아니라면 아닌 거야. 얼른 다시 해. 나도 대충 살펴봤는데, 오류가 맞아."

"이런 젠장!"

"소리 지를 시간이 있으면 얼른 창고에 가서 재산 대장이나 다시 살펴봐."

약초 창고 재고를 파악했던 하급 관료가 사무실 밖으로 뛰쳐나갔다.

"하여간 일을 하려면 제대로 해야지."

혀를 차고 있는 하급 관료에게 비서가 말했다.

"너도 다를 것 없다."

"무슨 소리야. 난 제대로 일했어. 몇 번이나 확인했는데."

"확인은 제대로 했겠지. 그런데 왜 지난달 것만 내냐고."

"무슨 소릴 하는 거야. 당연히 지난달 거를 올려야지."

"너 정신머리를 어디에 놓고 다니는 거야? 관리관님이 확실히 말했다. 상단에 넘어간 물건이 있어서 이번 달은 보름씩 나누어서 두 번 파악하라고 했잖아."

"아!"

비서가 주먹으로 가슴을 두드렸다.

"너희들 때문에 나까지 깨진다고. 내가 몇 번을 말했잖아. 그런데 그걸 빼먹으면 어떡해!"

"미안하다."

"관리관님이 오시기 전에 얼른 보고서나 제대로 만들어 놔. 늦어도 해 지기 전에 완성시켜야 한다. 만약 못 하면 너, 관리관님이랑 밤새 일해야 할지도 모른다."

로인과 함께 밤새 일해야 한다는 소리에, 비서에게 지적을 받은 하급 관료의 얼굴이 새하얗게 변했다.

"할게. 하면 되잖아. 무슨 수를 써서라도 해낸다."

비서의 지적이 더 이상 이어지지 않자 나머지 하급 관료들은 안도의 한숨을 내뱉었다.

"좋아하지 마라. 해야 할 일은 아직 많이 있으니까."

안도하던 하급 관료들이 비서를 향해 아우성쳤다.

"우리도 좀 쉬자."

"20명이나 돌가루 마을로 넘어가고 나서 집에도 못 들어가고 있다고."

"우리 애가 날 보면 낯설어서 운다, 울어."

비서는 동료들의 아우성에도 눈 하나 깜짝하지 않았다.

"닥치고 들어. 일부 상단이 은밀하게 백성들에게 돈을 빌려주고 과도하게 이자를 물리고 있다고 한다."

하급 관료들의 눈빛이 변했다.

"빌어먹을 자식들. 돈 좀 벌었으면 좋은 일을 할 것이지."

"어딘데, 어떤 상단이야?"

"의심 가는 곳은 두 곳이다. 둘 중 하나일 수도 있고 둘 다일 수도 있지. 아니면 생각지도 못한 상단일 수도 있다. 그래서 우리가 알아봐야 한다. 사람 풀어서 알아보고, 뭐가 되었든 관리관님이 오시면 보고해."

"관리관님이 자리를 비우셨어?"

"오늘 15인회 상단이 출발하잖아. 관리관님 성격에 그걸 그냥 보내겠냐."

발전하는 에낙스

나무노래성으로 올라가는 길과 연결된 새 바위 마을 입구에 오십여 대의 수레가 길게 늘어져 있었다.

수레엔 튼튼한 말과 의욕이 넘치는 사내들이 달라붙어 있었다.

이를 지켜보던 로인이 말했다.

"준비가 잘된 것 같군."

에낙스가 로인을 향해 고개를 숙였다.

"관리관님께서 도와주신 덕분입니다."

"얼마 전까지만 하더라도 눈치라고는 눈곱만큼도 없던 사람이 이젠 입에 발린 말도 할 줄 아는군."

"어찌 그리 말씀하십니까. 관리관님께서 고생하시는 것을

옆에서 지켜보았습니다. 바쁘신 와중에도 챙겨 주셔서 감사할
따름입니다."

에낙스의 말처럼 이번 상행에서 가장 큰 공을 세운 건 로
인이었다.

튼튼한 수레를 수배하고, 부족한 숫자는 백성들이 가진 수
레를 사들여 개조와 보강 작업을 거쳤으며, 수레를 끌 말까지
구해 주는 수고도 아끼지 않았다.

수레에 가득 실려 있는 약초 또한 내주지 않았던가.

"해야 할 일을 했을 뿐이네. 그것보다 용케 사람을 구했군.
쉽지 않았을 것인데."

"추리고 추린 자들입니다. 마을 토박이일 뿐만 아니라 고
향에 대한 애정이 넘치는 자들이지요."

"입은?"

"무거운 녀석들만 데려와서, 먼 길을 가는 동안 지루할 것
같아 걱정이 될 정도입니다."

"자네가 자신한다 할지라도 완전히 틀어막진 못할 걸세.
보이지 않는 곳에서 흘러나가게 되어 있으니까."

"그 점에 대해서는 관리관님의 충고를 따랐습니다. 이걸 보
시죠."

에낙스가 품에서 꺼낸 것은 두꺼운 종이로 만들어진 지도
였다.

지도를 살핀 로인이 만족스러운 표정으로 말했다.

"계속 야영을 하면서 아네스까지 갈 생각이군."

"이번 상행의 목적이 목적인지라 다른 곳은 들를 필요가 없을 것 같아서 그렇게 계획을 세워 보았습니다."

"괜찮은 방법이긴 하지만 영주들을 무시할 순 없는 일이야. 폐하의 허락을 받았다고는 하지만 영주들이 방해하면 골치 아파지니까. 영주 성을 찾아서 선물을 전달하게."

"선물을 따로 준비해야겠군요."

"그럴 필요 없네. 최상급 연필을 넘겨줘."

에낙스가 깜짝 놀란다.

"그걸 말입니까?"

"뭘 그렇게 놀라나. 그 정도는 줘야 방해하지 않지. 그리고 최상급이라 할지라도 연필은 결국 닳게 되어 있어."

에낙스는 로인의 의도가 무엇인지 알 수 있었다.

"아! 그럼 연필을 다시 찾게 되겠군요. 영주 체면에 싸게 풀린 연필은 사용하지 못할 것이고."

"그렇지. 더구나 황실에서 제품을 보장한다는 의미로 태양 문양까지 새겨 넣은 물건일세. 누구가 되었든 탐이 날 수밖에 없지."

에낙스는 이번 상행을 준비하면서 가졌던 의문을 풀어낼 수 있었다.

약초를 밖으로 가져 나가면서 팔지 말고 그냥 넘기라는 소리를 들었을 때에는 무슨 소리인가 했다.

에낙스는 상행을 준비하면서 약초를 팔지 않는 이유가 무엇인지 고민해 보았다.

그는 아들과도 함께 상의해 보았지만 쉽사리 답을 찾을 수 없었다.

뭔가 알 것 같으면서도 명확하게 떠오르지 않았는데, 로인과의 대화를 통해 깨달은 것이다.

"무슨 말씀인지 알겠습니다."

에낙스는 자신도 모르는 사이에 서서히 식견을 넓혀 가며 발전해 나가고 있었다.

"그리고 영주들을 만나기 어려울 것 같으면 라칸에게 부탁하면 될 거야."

로인은 상단을 호위할 책임자로서 라칸을 선택했다.

실력도 실력이지만 오랫동안 황제를 모셨던 인물인지라 예법에도 능했기 때문이다.

로인은 에낙스가 말에 올라 떠나는 순간까지도 조언을 아끼지 않았다.

"모르는 일이 있다면 라칸에게 묻게. 어설프게 나섰다가는 곤욕을 치를 수도 있으니까."

에낙스는 모르고 있었지만 이번 상행의 목적 중 하나는 그에게 경험을 쌓도록 하는 것으로, 로인이 이토록 끈질기게 조언하는 이유는 그 때문이었다.

20명의 신관을 대동한 노리스는 눈꽃산맥을 넘어 빠르게 북상했다.

　아네스를 향해 올라가는 동안 기네스에게 받은 문서가 큰 도움이 됐다.

　도린의 인장이 찍힌 문서를 내밀자 들르는 곳마다 환대해 주었기 때문이다.

　신관이라는 존재가 어디 가서 홀대를 받는 경우는 없었지만 그렇다고 환대를 받는 경우도 없었다.

　그저 예의를 차리는 선에서 챙겨 줄 뿐이었다.

　그래도 기네스가 한 말이 있었기에 노리스는 도린의 인장이 새겨진 문서를 내밀었다.

　그러자 귀족들의 태도는 이전과 비교할 수 없을 만큼 변했다.

　당황스러울 정도로 극진한 대접이 이루어진 것이다.

　극진한 대접은 중부 지역을 지나 서부 지역에 들어서고 나서 더했다.

　노리스 일행은 데로트 가문의 영향력이 얼마나 대단한지를 몸소 체험할 수 있었다.

　이런 귀족들의 도움으로 노리스 일행은 예정보다 빨리 아네스에 도착할 수 있었다.

빠른 도착이 가능했던 이유는 한 가지 더 있었다.

토벌군에 참가하는 귀족들이 도움을 주었기 때문이다.

정밀한 지도가 있더라도 초행길에는 헤맬 수밖에 없다.

노리스 일행은 이러한 시행착오를 겪지 않았다.

토벌군에 참가하기 위해 로강으로 올라가는 귀족들과 함께했기 때문이다.

아네스에 도착한 노리스 일행은 한 사람도 빠짐없이 탄성을 내뱉었다.

평생을 남부 지역에서 살아온 이들이다.

처음 접한 아네스는 그들에게 있어서 충격, 그 자체였다.

"임시 황도라는 말은 들었지만 이 정도일 줄이야."

"오틀라스보다 큰 것 같아."

"큰 정도가 아니야. 어마어마하게 큰 거지."

"임시 황도가 이 정도라면 도대체 황도는 얼마나 컸던 거지?"

"확실한 것은, 임시 황도인 아네스보다 컸겠지."

"상상이 안 가. 우와, 진짜 엄청나구나. 오틀라스와 비교한다는 것 자체가 말이 안 되는 거였어."

노리스도 크게 놀랐지만 재빨리 정신을 수습하고서 일행을 이끌고 기네스가 언급했던 태양의 눈길 경매소를 찾았다.

경매소에 도착한 노리스는 입구에서 도린의 인장이 찍힌 문서와 함께 기네스의 이름을 언급했다.

잠시 후 첼가드라는 노인이 나타나 노리스 일행을 경매소 안으로 안내했다.

안내를 받은 곳은 경매소 안쪽에 위치한 건물로, 값진 물건들로 도배가 된 화려한 공간이었다.

첼가드의 말에 따르면 특별한 고객들을 위해서 제공되는 대기실이라 했다.

"기네스 님께서 말씀하시길 페톰 소장님을 만나 뵈라고 하였습니다. 언제쯤 만날 수 있겠습니까?"

"재상부로 사람을 보냈습니다. 조금만 기다려 주시면 만나 뵐 수 있을 것입니다."

노리스가 의아한 표정을 지었다.

"재상부요?"

"소장님께서는 현재 재상부의 수석 서기관이시고 얼마 전엔 토벌군 군수품을 지원하는 보급관으로 임명되셨습니다. 그로 인해 하루 중 대부분은 재상부에 머물러 계십니다."

이에 노리스는 물론이고 함께한 신관들도 크게 놀랐다.

재상부 수석 서기관이라 한다면 재상을 지척에서 보좌하는 자리가 아니던가.

직급은 그리 높지 않지만 재상과 항시 붙어 다니는 만큼 심복이 아니고선 올라갈 수 없는 자리였다.

거기에 더해 토벌군 보급관이라는 자리도 범상치 않았다.

전쟁에서 보급이란 굳이 길게 설명할 필요도 없이 중요한 일이었다.

그 일을 담당하는 보급관으로 임명된다는 것은 어지간한 신임이 아니고선 불가능했다.

수석 서기관과 보급관이라는 요직을 동시에 가질 정도라면 재상의 신임이 상당함을 뜻했다.

노리스가 알기로 기네스는 황제의 심복이었다.

그런 자가 재상의 심복과 연결 고리가 있다면 이것을 어떻게 해석해야 하는 것일까?

상식적으로 보아도 데로트 가문과 황제는 사이가 좋을 수 없었다.

황제가 다스려야 할 제국을 데로트 가문이 대신해서 다스리고 있었으니 말이다.

'뭔가 있는 것 같군.'

첼가드가 물러나자 함께한 신관 중 하나가 입을 열었다.

"알려진 것과는 달리 폐하와 데로트 가문은 좋은 관계를 유지하고 있는 것 같습니다."

노리스가 입을 연 신관에게 주위를 줬다.

"함부로 이야기하지 말게. 우린 신관일세. 몇몇 교단에서 정치에 관심을 가진다고 우리까지 그렇게 해서야 되겠는가."

노리스의 꾸짖음은 계속해서 이어졌다.

"더구나 이곳은 임시 황도인 아네스야. 자네들도 듣지 않았나, 우리가 있는 곳은 재상의 심복이 운영하는 경매소라고 말이야. 함부로 이야기했다가는 큰 낭패를 볼 수 있고, 그로 인해 교단에 피해가 갈 수 있음을 명심하게."

"제 불찰입니다. 앞으로 주의하도록 하겠습니다."

노리스는 신관들을 향해 말의 위험성을 계속해서 지적했다.

지겨울 정도로 반복되는 꾸짖음에 신관들이 지쳐 갈 때쯤 구원자가 등장했다.

첼가드가 휴게실로 들어와 소장이 경매소에 도착했음을 알린 것이다.

노리스는 첼가드와 함께 소장실로 이동했고 페톰과 마주하게 되었다.

서로 통성명을 마치고 곧바로 본론으로 들어갔다.

먼저 입을 연 것은 노리스였다.

"제가 교단으로부터 받은 명령은 아네스에 도착한 뒤에 대동한 신관들을 재상 각하에게 넘기고 홀로 하늘산맥으로 이동하라는 것이었습니다."

페톰이 턱을 한번 쓰다듬고서 물었다.

"그 외엔 전해 들은 바가 없으십니까?"

"그렇습니다. 제가 말씀드린 것이 전부입니다."

"흠, 하긴 함부로 이야기를 꺼낼 수 없는 일이긴 합니다. 교단에서 적절하게 처신한 것 같습니다. 그렇다면 설명해 드려야 할 것들이 많겠군요. 시간은 충분하니까 차근차근 이야기하도록 하겠습니다. 지루하더라도 참아 주셨으면 합니다."

"경청하겠습니다."

페톰은 이야기를 꺼내기 전에 첼가드를 불러서 소장실 근처에 있는 자들을 모두 물리도록 했다.

그리고 직접 밖으로 나가 사람이 없는지 확인했다.

"외부로 알려져서는 안 되는 일이라 과하게 대처하였습니다. 불편하셨다면 죄송합니다."

"괜찮습니다. 긴장이 되긴 하지만요."

"긴장하실 필요 없다고 말씀드리고 싶지만 그럴 수가 없군요. 차라리 놀랄 준비를 하시는 것이 좋겠습니다. 일단 노리스 신관께서는 따로 연락이 올 때까지 아네스에서 대기하셔야 합니다."

노리스가 의아하게 물었다.

"이상하군요. 저는 급히 코렌스로 가야 한다고 들었습니다."

"전달 과정에서 오해가 있었던 것 같습니다. 급한 것은 코렌스가 아니라 여기 아네스입니다."

"알겠습니다. 오히려 잘됐군요. 편히 왔다고는 하지만 먼 길을 오느라 지치긴 했으니까요. 그러면 저를 제외한 신관들은 어찌 되는 겁니까?"

"그분들은 로강으로 이동하시게 될 것입니다."

순간 노리스의 눈빛에 살짝 노여움이 묻어났다.

아네스로 북상하는 동안 소문을 통해 로강이 토벌군 거점이라는 것을 전해 들은 상태였다.

"설마 전쟁에 참여하라는 것입니까?"

페톰은 입가에 미소를 띠며 차분히 말했다.

"오해하지 마십시오. 어찌 신을 섬기는 분들께 전쟁에 참여토록 할 수 있겠습니까."

"그렇다면 교단 신관들이 토벌군 거점인 로강으로 가는 이유가 무엇입니까?"

"여기서부터 중요한 이야기가 되겠군요. 흑마법사들이 로강에 있는 토벌군 지도부를 암살하고자 움직일 가능성이 있기 때문입니다."

노리스는 귀를 의심했다.

"지금 흑마법사라 하신 겁니까?"

"그렇습니다. 흑마법사들이 움직일 수도 있기에 태양 신 교단에 도움을 요청한 것입니다."

노리스가 얼마나 놀랐는지 버럭 소리쳤다.

"지금 무슨 말씀을 하시는 겁니까. 느닷없이 흑마법사라니요!"

페톰은 노리스에게 흑마법사에 대한 정보를 풀어놓았다.

상점 업그레이드

실벌레 서식지를 찾고 폭포산 요새를 에쉬에게 맡긴 익스는 바로 돌가루 마을로 복귀했다.

재료를 확보한 만큼 비단 생산이 눈앞으로 다가왔기 때문이다.

물론 실벌레가 만든 하얀 뭉치에서 실을 뽑아 옷감을 짠다고 비단이 되리라는 보장은 없었다.

비단과는 전혀 다른 새로운 옷감이 나올 수도 있지만, 뭐가 되었든 품질만 좋으면 됐다.

실벌레에게서 얻은 옷감이 비단과 다를지라도 비단이라 부르면 비단이 되는 것이 아니겠나.

설사 비단이 아니라 할지라도 폭포산 요새로 사람을 보내야 한다.

거대한 하늘산맥에 묻혀 있을 지하자원을 탐색하고, 개발하기 위해서라도 말이다.

거기에 더불어 마법 공학 연구소로 개조해야 한다.

돌가루 마을에 도착한 익스는 곧바로 폭포산 요새로 이주할 자들을 선발했다.

처음 모집할 때만 하더라도 데이카는 물론이고 하급 관료들까지 우려를 나타냈다.

돌가루 마을을 버리고 폭포산 요새로 이주할 자들이 얼마 되지 않을 것 같다고 여긴 탓이었다.

그러나 이러한 우려는 어디까지나 우려에 그쳤다.

폭포산 요새로 이주할 자들을 선발할 것이라 알리자 순식간에 3천 명이 모여들었다.

익스는 크게 반겼고, 부정적으로 바라보았던 데이카와 하급 관료들은 당황스러움을 감추지 못했다.

그들은 이주를 신청한 자들을 조사해 보았다.

무슨 이유로 돌가루 마을을 떠나려고 하는지 알아보고자 한 것이다.

데이카와 하급 관료들은 과중한 업무에 시달리고 있었지만 마을을 성공적으로 이끌어 가는 중이라 여겼다.

하지만 이주를 선택한다는 것은 결국 마을이 마음에 들지 않는다는 뜻이고, 이는 결국 마을을 제대로 다스리지 못했다는 결론으로 이어진다.

이는 데이카와 하급 관료들에게 있어 자존심이 상하는 일이었다.

조사 결과는 다음과 같았다.

이주 신청자들 모두 하늘산맥에서 내려온 자들이었다.

코렌스 출신들은 아무도 이주를 선택하지 않았다.

이주를 선택한 자들에게 있어서 하늘산맥은 고향이나 다름이 없었다.

한적한 산속에서 살다가 인구 4만을 넘어 5만에 접어든 번잡한 돌가루 마을에 적응한다는 것은 쉬운 일이 아니었던 모양이다.

어쨌든 데이카와 하급 관료들은 이러한 사실에 크게 안도했다.

익스는 이주를 신청한 3천 명을 일차적으로 폭포산 요새로 보냈다.

이주를 원하는 자들이 더 있긴 했지만 폭포산 요새도 준비가 필요했기에 더 이상의 이주는 감당할 수가 없었다.

이주가 순조롭게 이루어지는 과정에서 새로운 걱정거리가 하급 관료들 사이에서 스멀스멀 피어올랐다.

바로 에쉬라는 존재였다.

백성들이 종족이 다른 에쉬를 요새 책임자로서 받아들일 수 있을지가 의문이라는 것.

이러한 지적에 익스는 가볍게 웃어넘겼다.

4각 동맹 퀘스트를 완료해서 얻은 보상을 믿었기 때문이다.

 -사용자에게 속한 지역 거주자의 이종족에 대한 적대감이 대폭 감소합니다.

 -사용자에게 속한 지역 거주자의 이종족에 대한 친밀감이 대폭 상승합니다.

하급 관료들의 우려는 이번에도 빗나갔다.

백성들은 에쉬를 요새 책임자로서 순순히 받아들인 것이다.

에쉬를 중심으로 3천 명의 이주자들은 폭포산 요새에 활기를 불어넣었다.

실벌레 서식지 조사, 하얀 뭉치를 옮겨 오는 일, 실을 뽑는 일, 폭포산 요새의 개조 작업 등.

익스와 에쉬가 머리를 맞대고 수립한 폭포산 요새 개발계획이 순조롭게 진행되어 나갔다.

돌가루 마을 관청은 3층 건물로, 관리관실 창가에 서면 마을을 살피기 쉬웠다.

익스는 창가 너머의 돌가루 마을에 시선을 두고 있었으나 눈에는 초점이 맞추어져 있지 않았다.

마을을 향해 서 있을 뿐이라는 증거였다.

'마을을 설치해, 말아?'

익스는 마법 공학 업적을 통해 보상으로 받은 인구 5만을 어떻게 활용할 것인지를 두고 고민에 빠져 있었다.

돌가루 마을과 폭포산 요새가 순조롭게 돌아가자 익스에게 모처럼 휴식 시간이 찾아왔다.

익스는 이 시간을 이용해 오랫동안 미루었던 시스템을 살피는 일을 하고 있었던 것이다.

'인구 5만을 그냥 받아도 상관은 없긴 한데.'

엄청난 숫자이긴 하지만 각 마을에 적절히 분산하면 얼마든지 수용 가능했다.

익스는 머릿속으로 건설 지원 시스템에서 제공해 주었던 지도를 떠올려 보았다.

북부 코렌스에 있는 마을들을 선으로 연결하면 가장 먼저 정사각형이 눈에 들어온다.

여기에 그물 마을과 요정 마을을 더하려면 정사각형 왼쪽 상단 꼭짓점에다가 펜을 가져가 위로 직선을 그으면 된다.

대략 소문자 b와 유사하지만, 보다 정확하게 표현하자면 b의 둥그런 부분을 정사각형으로 변경해야 한다.

정사각형 왼쪽 상단 꼭짓점 부근이 나무노래성이고, 오른쪽 상단이 하늘 길 요새다.

왼쪽 하단 꼭짓점이 새 바위 마을이고 오른쪽 하단에 돌가루 마을과 채석장이 있다.

새 바위 마을과 돌가루 마을 중간 지점에 하늘 감시자 요새가 자리를 잡고 있었다.

나무노래성에서 직선으로 올라가면 그물 마을이 나오고 다시 한번 더 직선을 그리며 올라가면 요정 마을이다.

익스는 정사각형 중앙에 인구 5만의 마을이 만들어진다면 어떨까 싶었다.

교통의 요지로 발전할 가능성이 높았다.

"건설하면 확실히 좋긴 해."

상상해 보자.

마을들을 연결해 정사각형 가도를 만들고 그 안으로 X 자 형태로 가도를 추가시키면 마을 간의 교류가 더욱 활발해질 것이다.

"일단 확인이나 해 보자."

익스가 새로운 마을 건설을 마음먹자 시스템이 메시지를 생성했다.

─군주 지원 시스템에서 알려 드립니다. 사용자께서 보상으로 받은 인구 5만을 활용해 마을 건설이 가능합니다. 새로운 마을을 건설하시겠습

니까?

익스가 고개를 끄덕였다.

-인구 5만이 거주하는 새로운 마을을 건설하기 위해서는 C포인트 3,500이 소요됩니다. 새로운 마을을 건설하시겠습니까?

"예상은 했다만 3,500이라니. 이건 좀 센데."
익스는 검지로 볼을 긁었다.
시스템이 그냥 새로운 마을을 만들어 주지는 않을 것이라 예상은 했지만 가져가는 C포인트가 만만치 않았다.
보상으로 받은 포인트 5천에서 절반 이상을 내놓으라는 것이 아닌가.
"3,500이라⋯⋯."
시스템에게 바쳐야 할 C포인트를 생각하면 선뜻 손이 나가진 않았지만 인구 5만의 마을을 얻을 수 있다는 것은 매력적인 일이었다.
무엇보다 원하는 곳에 설치해 위에서 언급했던 것처럼 교통의 요지로 만들 수도 있으니까.
활용도로 생각해 보자면 소모되는 C포인트는 아깝지 않았다.

−보유 C포인트 : 5,940

현재 보유한 C포인트가 5,940이다.

마을을 건설하더라도 2,440 포인트가 남는다.

새로운 마을을 건설함으로써 얻어지는 유무형의 이득을 생각해 보면 손해 보는 장사는 아니었다.

다만…….

"관리관으로 임명할 사람이 없다는 것이 문제지."

익스는 나무노래성에 있는 토비와 멕신을 떠올렸다.

그 둘이라면 관리관으로 부족함이 없는 인재들이었다.

"환전부가 물품 거래소에서 독립한다면 인력 보충이 필요할 것이 아닌가. 그에 대한 대책은 마련되어 있나?"

토비의 물음에 맞은편에 앉아 있는 멕신이 대답했다.

"환전부가 독립되어 환전소로 승격되긴 하지만 현재로선 환전부의 인력만으로도 충분히 감당할 수 있을 겁니다."

"섣부른 예측은 금물일세. 거래소 하루 거래량이 100골드를 넘지 않았나. 앞으로는 더욱 빠르게 늘어날 것이네."

"그렇긴 하지만 이전부터 지속적으로 환전이 이루어졌고 풀려 나간 금화도 상당한 숫자입니다. 이번에 환전부를 환전소로 독립시키는 것은 물품 거래소에 과도하게 몰려 있는 업무를 분……."

멕신이 갑작스레 말을 끊었다.

토비가 이유를 물을 법하건만 어찌 된 일인지 두 사람은 말없이 눈을 마주칠 뿐이었다.

한참 동안의 침묵을 깨트린 것은 토비였다.

"자네도 느꼈나? 갑자기 등골이 서늘해졌어."

"전 등에서 식은땀이 흐르고 있습니다."

"나도 그렇고 자네까지 그렇게 느낄 정도라면 우연이라 보기 어렵겠어."

"불길합니다."

"혹시 로인이 아픈 것은 아닐까?"

"아네스로 향하는 상단이 왔었을 때, 로인 관리관의 건강에 대해서 물어보았지만 딱히 별다른 이상은 없다고 했었습니다."

토비는 불안을 감추지 못했다.

"그렇다면 뭘까? 로인이 건강하다면 전혀 문제 될 것이 없는데."

"혹시, 폐하께서 또 뭔가를 하시는 것이 아닐까요?"

"그럴 수도 있겠어."

멕신이 기도하는 것처럼 두 손을 맞잡고 간절히 말했다.

"제발 별일 아니었으면 좋겠습니다."

"나도 마찬가질세."

⚜

익스는 고개를 흔들었다.

토비와 멕신이 괜히 함께 나무노래성에서 일하는 것이 아니다.

이게 가능했다면 돌가루 마을을 데이카에게 맡겨 놓지도 않았을 것이다.

"급한 건 아니니까."

익스는 관리관급 인재를 확보하기 전까지는 새로운 마을 건설을 미루기로 결정했다.

설리반이 요정 대륙에 있는 수염 고래 마을에서 쓸 만한 자들을 데려올 것이고, 거기에 더해 셀비에게도 인재를 찾도록 했다.

시간이 걸리긴 하겠지만 관리관으로 활용할 만한 인재를 확보할 수 있을 것이다.

기대한 만큼 능력을 보여 주지 못한다면 공동 관리관을 내세우면 된다. 무엇보다 시스템이 보상을 빨리 받아 가라고 재촉하는 것도 아니었으니까.

"어디 보자."

새로운 마을 건설이라는 고민이 끝나자 퀘스트가 눈에 들어왔다.

새롭게 얻은 5개의 퀘스트 중에서 산적 토벌이 완료되면서 남은 것은 4개다.

익스는 남아 있는 4개의 퀘스트를 떠올렸다가 옆머리를 긁적였다.

"신경 쓸 게 없네."

코렌스 통합도 순조롭게 이루어지고 있고, 요정 마을에선 노움의 진두지휘 아래 항구가 건설 중이었으며, 가도 또한 공사에 들어갔다.

퀘스트 내용과 달리 요정 마을, 그물 마을, 나무노래성으로 이어지는 가도였지만 나무노래성과 하늘 길 요새 가도 공사도 머지않아 시작될 것이다.

마지막으로 언급할 것은 상비군 2만을 확보하라는 것인데, 이것 또한 차질 없이 병력을 확충 중이었다.

사실 마음만 먹는다면 상비군 퀘스트는 언제든 완료가 가능했다.

강제징집에 들어가도 되고, 이것이 부담스럽다면 남부 코렌스 영주들과의 영지 교환을 앞당기면 병력은 순식간에 늘어난다.

남부 코렌스가 변방이라고는 하지만 못 먹고살 정도로 가난한 곳은 아닌 만큼 어느 정도의 병력을 갖추고 있었으니 말이다.

그러나 익스는 그러한 극단적인 선택을 하지 않았다.

퀘스트 완료가 급한 것도 아니고, 마구잡이로 병력을 충원시켜 봐야 병력의 질만 나빠질 뿐이다.

"하이라이트만 남았네."

익스는 상점을 활성화시켜 곧바로 상점 업그레이드를 선택했다.

–상점 업그레이드를 위해서는 C포인트 500이 필요합니다.

–C포인트 500을 사용해 상점을 업그레이드하시겠습니까?

–상점 업그레이드를 실시합니다. 잠시만 기다려 주십시오.

30초 정도 지났을까?

기다리는 시간은 그리 길지 않았다.

–군주 지원 시스템에서 알려 드립니다. 상점 업그레이드가 완료되었습니다. 1차 업그레이드로 완료를 통하여 아이템 상점과 능력치 상점으로 나뉩니다.

메시지를 확인한 익스는 재빨리 상점을 열어 보았다.

이전에는 곧바로 아이템 목록이 나타났으나 이제는 아니었다.

-아이템 상점.

-능력치 상점.

익스는 심장이 두근거렸다.

능력치 상점

-보유 S포인트 4,800

-능력치(+S10,000)

-내정 84(+S1,000)

익스의 눈을 가장 먼저 사로잡은 것은 S포인트였다.

아이템 상점을 경험해 보았기에 능력치 옆에 붙은 S10,000와 내정 84 옆에 붙은 S1,000이 의미하는 것은 어렵지 않게 유추해 낼 수 있었다.

"이렇게 뒤통수치네."

지금까지 S포인트는 별것 아닌 것 같은 뉘앙스를 잔뜩 풍기지 않았던가.

익스는 S포인트를 제대로 관리하지 않은 것을 후회했지만 이내 고개를 흔들었다.

"애매하긴 해."

C포인트의 경우, 포인트 획득 방법이 명확했다.

퀘스트를 완료하면 얻을 수 있다.

S포인트도 언뜻 보이기에는 획득 방법이 명확했다.

새로운 스토리를 창출하거나 새로운 기술을 전파하면 되니까.

그러나 퀘스트와는 결정적으로 다른 점이 있었다.

퀘스트의 경우 목표가 확실했지만, 스토리 창출과 기술 전파 메시지를 띄우기 위한 조건은 익스 입장에서 무작위에 가까웠다.

어떤 것은 되고 어떤 것은 나오지 않으니까.

특히 기술 전파의 경우는 더욱 까다로웠다.

탈곡기와 같이 누군가 먼저 만들었을 가능성을 배제하기 힘들었다.

"잠깐……."

마법 공학 업적 보상으로 C포인트 5천이 주어졌다.

마법 공학이라고 한다면 새로운 기술 전파에 가깝다.

그렇다면 C포인트가 아니라 S포인트가 보상으로 나왔어야 했다.

"이것도 랜덤이라고?"

익스는 눈을 찌푸리다가 한숨을 내뱉었다.

시스템이 시스템 한 것을 어쩌겠는가.

좋든 싫든 받아들일 수밖에 없다.

익스는 능력치 상점을 닫아 버렸다.

능력치와 내정 84가 무엇을 의미하는지 깊게 생각지 않아도 알 수 있었기 때문이다.

익스는 아이템을 열어 범주 추가를 시도했다.

S포인트로 인해 쌓인 스트레스를 C포인트를 지르면서 해소할 생각이었다.

–아이템 상점 범주를 추가하기 위해서는 C포인트 200이 필요합니다.

–C포인트 200을 소모해 아이템 상점 범주를 추가하시겠습니까?

"업그레이드했다고 가격도 업그레이드시키는 건 뭐야!"

익스가 시스템을 향해 이를 갈고 있을 적에 마티엔이 돌가루 마을에 도착했다.

아이템 상점 범주 추가 비용이 늘어나긴 했지만 부담스러울 정도는 아니었다.

단지 100포인트에 익숙해져 있다가 200포인트를 내려니

비싸게 느껴졌다.

익스는 구시렁거리긴 했지만 결국 200포인트를 지불하고서 범주를 추가시켰다.

－아이템 상점에 새로운 범주인 씨앗이 추가됩니다.

－보유 C포인트 : 5,240

메시지를 확인한 익스는 눈을 껌뻑거렸다.

씨앗이라는 범주가 좋은 것인지 나쁜 것인지 선뜻 판단되지 않았던 탓이다.

어떤 씨앗이 있는지 살펴보고자 아이템 상점의 목록을 확인하려 할 때, 마티엔이 찾아왔단 소식을 전달받았다.

요새에서 대기해야 할 마티엔이 아닌가.

알베스라면 마티엔에게 대역을 세운 연유를 자세히 설명해 주었을 것이다. 그런데도 마티엔이 돌가루 마을까지 찾아왔다면 그럴 수밖에 없는 이유가 있음을 뜻한다.

'백마법사들을 못 만났나?'

익스는 시스템을 정리하고서 마티엔을 맞이했다.

관리관실에 들어선 마티엔이 잠시 흠칫하고선 고개를 숙여 예를 표했다.

"머리를 자르셨군요."

"달라 보여야지. 애써 대역을 내세웠는데 달라 보이지 않으면 무슨 의미가 있겠나."

"요새에 도착하고 폐하를 알현했다가 얼마나 놀랐는지 모릅니다."

"자네라면 당연히 알아봤겠지."

유적지에서 얻은 마법 물품의 품질이 상당하다고는 하지만 마티엔과 같은 경지에 이른 마법사를 속인다는 것은 불가능한 일이었다.

"알베스 님께서 재빨리 나서 주시지 않았다면 요새에 있는 자는 큰 곤욕을 치렀을 겁니다."

"가뜩이나 주눅 들어 있었을 것인데 더 심해졌겠군. 그것보다 잘 다녀왔는가? 쉽지 않았을 것인데."

"무사히 일을 마쳤습니다."

"자네 표정이 밝은 것으로 보아선 그들과 만난 것 같군. 내가 걱정돼서 온 것도 아닐 것이고, 굳이 여기까지 내려온 이유가 뭐지?"

"아네스의 사정이 급박하게 돌아가고 있는지라, 폐……."

마티엔이 말을 끊었다가 다시 이어 나갔다.

"후작님께 알려 드리고자 찾아뵌 것입니다."

"반란군이 토텔을 위해 로강으로 2만의 지원군을 보냈다는 소식을 듣긴 했지. 그 이후의 일은 관심을 가지지 못했군. 그래도 대충 짐작은 가네. 도린이 데로트 가문을 장악했을 것이고 정식으로 데로트 가문의 가주가 되었겠지. 그리고 반란군 토벌에 나섰거나 병력을 모으고 있을 것 같은데, 맞나?"

"정확히 짚어 내셨습니다. 후작님의 말씀과 크게 다르지 않습니다."

"모리스 가문과 힘을 합친 이상 토텔이 아무리 날고뛰어도 이겨 낼 수가 없겠지. 한 가지 확신할 수 없는 것은 토텔의 처분이야. 도린은 어떤 선택을 했나?"

"어떠한 처분도 내리지 않았습니다."

"우유부단한 놈이었던가."

"그런 의미가 아닙니다. 토텔을 놓쳐서, 처분을 내리고 싶어도 내릴 수가 없는 상황입니다."

"그게 무슨 소린가?"

"후작님의 예측대로 도린은 모리스 가문과 함께 5만 대군을 동원해 로강을 포위했습니다."

"그만한 병력으로 로강을 포위해 놓고서 어떻게 토텔을 놓칠 수 있는 거지?"

토텔이 로강에 자리를 잡으면서 빠르게 확장해 나갔으나 애초 군사기지로 만들어진 곳이다.

규모가 작은 만큼 5만의 병력이라면 완벽하게 포위할 수 있는 곳이 로강이다.

굳이 희생을 감수하면서 공격할 필요가 없었다.

물샐틈없이 둘러싸서 고사시키면 그만이니까.

"반란군이 추가 지원군을 보냈습니다. 그 숫자가 무려 6만에 이르렀다고 합니다. 기존에 파견된 병력과 로강에 있는 토텔의 병력까지 더해진다면 10만에 육박하는 대군입니다. 도린 측에선 앞뒤로 협공을 받을 것을 염려하여 로강의 포위를 풀었고, 그 틈을 타서 토텔이 빠져나간 것입니다."

익스가 혀를 찼다.

"쯧, 다 잡은 물고기를 놓쳤군. 반란군의 지원을 받았다면 토텔은 알렌 후작에게 가담했겠지?"

"가담한 정도가 아니라 가짜 황제에게 충성을 맹세하고 사군 사령관이라는 직위를 받았습니다."

"정신이 나갔군. 그리되면 서부 귀족들의 신임을 잃을 것인데 말이야."

"후작님의 말씀대로 둘째 파에 속해 있던 귀족들이 모조리 도린에게 넘어갔습니다. 토텔의 행위에 크게 분노했다고 합니다."

"당연한 일이지. 가짜 황제에게 충성을 맹세한다는 것은 서부 지역의 기득권을 중부로 넘긴다는 뜻이니까. 데로트 가문을 지지하는 중부 지역 귀족들도 가만히 있지 않았을 것 같은데?"

마티엔은 익스의 식견에 탄성을 내뱉었다.

"모두 후작님의 말씀대로입니다. 도린이 반란군 토벌을 선언함과 동시에 많은 귀족이 동참하였습니다. 페톰 소장의 말에 따르면 토벌군에 참여하는 귀족이 80이 넘고 병력은 20

만에 이를 것이라 했습니다."

익스는 의자와 연결된 팔 받침대를 손가락으로 두드리며 생각에 잠겼다. 80개에 이르는 가문이 참여했다면 병력은 20만 이상일 것이다.

'지휘권이 문제가 되긴 하겠지만 현재 도린의 영향력이 최고조에 달해 있단 말이지.'

데로트 가문에 새로운 주인이 들어섰다는 것은 정계 개편이 이루어진다는 뜻이다.

반란에 가담한 자들까지 쓸어버리고 나면 남은 자리가 넘쳐 날 수밖에 없었다. 이런 점을 고려해 보자면 지휘권은 도린이 확실하게 휘어잡을 것이다.

서부 지역과 중부 지역 귀족들이 대거 참여하고 20만 이상의 병력이 동원되었다면 사실상 반란군에게는 사형선고가 내려진 것이나 다름이 없었다.

그러나 익스는 토벌군이 승리할 것이라 확신하지 못했다.

한 가지 변수가 있었기 때문이다.

바로 고양이 눈동자 길드라는 이름을 내걸고 있는 흑마법사들이었다.

흑마법사들이 작정하고 반란군을 돕는다면 토벌군은 크게 피해를 볼 수밖에 없었다.

"이쪽으로 오라고 기도를 해야 할 상황이군."

익스의 중얼거림에 마티엔이 의아함을 나타냈다.

"무슨 말씀이신지?"

"태양 신 교단을 움직여 신관들을 토벌군에 파견토록 해 놓긴 했지만, 흑마법사들이 전력을 다해 반란군을 돕는다면 토벌군도 승리를 장담하기 어려워."

"태양 신 교단의 신관들이라면 큰 도움이 될 것이 아니겠습니까."

"당연히 도움은 되겠지만 그놈들이 정면으로 부딪칠 리가 없지. 놈들도 머리가 있다면 고위직에 있는 자들을 암살하려고 할 거야."

마티엔은 오대 교단을 떠올렸지만 이내 머릿속에서 지워 버렸다. 오대 교단의 우두머리라 할 수 있는 하늘 신 교단이 얼마나 극단적인 자들인지 잘 알고 있었기 때문이다.

익스가 말을 이어 나갔다.

"놈들은 토벌군 고위직을 노릴 거야. 그런 의미에서 보자면 토벌군 최고위직은 누구이겠나. 바로 황제지."

마티엔은 앞서 있었던 익스의 중얼거림이 무엇을 뜻하는지 알아차렸다.

"흑마법사의 전력이 둘로 나뉘길 원하시는군요."

"맞아. 놈들의 전력이 둘로 나뉘면 토벌군에 있는 신관들은 물론이고 우리도 편해지는 것이 아니겠나."

"흑마법사들을 막아 낼 수 있다는 확신만 있다면 그자들이 오길 기도하는 것이 맞는 것 같습니다."

"자신이 없나?"

"흑마법사들을 상대할 자신은 얼마든지 있습니다. 단지 황제 폐하의 안전이 걸려 있다는 것이 신경 쓰일 뿐입니다."

익스는 흑마법사들이 자신의 목숨을 거두기 위해 올 것이라 확신하고 있었지만 그러지 않을 가능성이 없는 것은 아니다.

만약 흑마법사들이 토벌군에 더욱 집중하게 된다면?

황제를 암살하기 위해 파견한 자들을 복귀시키려 한다면?

'계획이 어그러지는 거지.'

익스가 준비한 대계는 데로트 가문의 주인이 된 도린이 반란군 토벌을 완료함으로써 시작된다.

만약 도린이 반란군 토벌에 실패하거나 반란군이 도리어 승리해 버린다면 익스는 새로운 계획을 마련해야 한다.

애써 끌어들인 태양 신 교단의 활용 방법도 새로 고민해야만 했다.

"아무래도 내가 복귀를 해야겠어."

마티엔이 익스를 만류했다.

"굳이 그러실 필요가 있겠습니까."

"나도 여기에 좀 더 있고 싶은데, 놈들을 성가시게 만들어 주어야 할 것 같아서 말이지. 너무 조용히 있으면 놈들이 토벌군에 집중할 수도 있지 않겠나. 내가 나서서 계속 신경을 긁어 줘야지."

익스는 잠시 숨을 골랐다가 말을 이었다.

"그리고 대역으로 나선 로만이 자네로 인해 충격을 받았다고 하지 않았나. 안 그래도 불안했는데 자네한테까지 충격을 받았으니 대역으로 써먹긴 어려울 것 같아서 말이야."

마티엔이 쓴웃음을 짓는다.

"결국 복귀하시는군요."

"그 반응은 뭐지? 내가 요새로 복귀할 것을 예측했단 뜻인가?"

마티엔이 미소를 그리며 답했다.

"알베스 님이 그리 말씀하셨습니다. 폐하라면 결국 요새로 복귀하실 것이라고 말입니다."

"내가 자네들 손바닥 안에 있었군."

"확신은 없었습니다. 단지 가능성이 크다고 판단했던 것이죠."

"그래서 알베스는 뭐라고 하던가? 예상해 보자면, 위험하다고 절대 오지 말라고 했을 것 같은데."

"이번엔 후작님의 예측이 빗나갔군요."

"알베스가 만류하지 않았다고?"

"처음엔 강력히 반대했지만 소신이 설득했습니다."

"어떻게?"

"공간 이동 마법진을 설치했습니다."

익스는 귀를 의심했다.

공간 이동의 제약

  돌가루 마을에 들어서는 순간에도 셸리나의 머릿속은 마티엔이 보여 준 마법들로 가득 채워져 있었다.

  코렌스의 넓은 평야와 이어진 하늘을 찌를 것 같은 뾰족한 산들은 눈에 들어오지 않았다.

  하늘산맥의 아름다움은 남다른 구석이 있었지만 마법을 향해 있던 셸리나의 마음을 돌리지는 못했다.

  만약 마티엔이 돌가루 마을로 내려가는 루트를 일반적으로 잡았다면 그녀의 시선이 잠깐이나마 이동했을 수도 있었을 것이다.

  하늘 길 요새에서 돌가루 마을로 내려가는 일반적인 루트란 나무노래성과 새 바위 마을, 하늘 감시자 요새를 거쳐 가는 디귿 모양이었다.

그러나 마티엔은 기존의 루트를 무시하고 하늘산맥 산자락을 따라 남쪽으로 내달렸다.

지도로 보자면 하늘 길 요새 남쪽에 돌가루 마을이 위치해 있었기 때문이다.

이렇게 가까운 길을 놔두고 어째서 사람들은 돌아가는 것일까?

코렌스 동쪽 지역, 그러니까 하늘 길 요새와 돌가루 마을 사이는 지형이 사나웠다.

조금 이동하면 언덕, 그 언덕을 넘으면 숲, 어렵사리 숲을 헤쳐 나가면 절벽으로 인해 길이 끊어지는 경우가 다반사다.

길을 내고 싶어도 낼 수가 없는 곳이었다.

마티엔은 이렇게 사나운 지형을 마법으로 극복해 돌가루 마을에 들어섰다.

마티엔이 사나운 지형을 극복하기 위해 사용한 마법은 셀리나에게 있어서 충격 그 자체였다.

'인간이 아니야.'

백마법이든 흑마법이든 간에 마법을 사용하기 위해서는 준비 과정이 필요하다.

마법사들은 이를 '마나 배열'이라고 불렀고, 자주 사용하는 마법의 마나 배열을 미리 저장해 놓는 편이다.

서클이 오를 때마다 마나 배열 저장 횟수가 늘어난다.

셀리나가 5서클 마법사라면 마나 배열 저장 개수는 5개다.

준비된 5개의 마법은 곧바로 사용할 수 있지만 그렇지 않은 마법은 최소 30분 이상 마나 배열을 거쳐야 한다.

셀리나가 추측하고 있는 마티엔의 경지는 7서클이고, 7개 마법을 준비 없이 사용할 수 있다는 것이다.

그런데 마티엔은 7개를 훌쩍 넘어서 10개고 20개고 곧바로 마법을 사용했다.

셀리나로선 혼란에 빠져들 수밖에 없었다.

이렇게 되면 마티엔의 경지는 도대체 어디란 말인가.

그녀의 놀람은 돌가루 마을에 들어서면서 더욱 커졌다.

'발전해 봐야 결국 변방이지.'라는 생각에 사로잡혀 있던 셀리나였다.

하늘 길 요새를 경험하긴 했으나 때가 좋지 않았다.

흑마법사들의 습격을 대비해 필수 인력을 제외하고는 전부 그물 마을로 내려보내지 않았던가.

셀리나 입장에서 코렌스에 대한 기대감이 크지 않은 것은 어찌 보면 당연한 일이었다.

코렌스가 크게 발전했다는 마티엔의 말이 있긴 했지만 셀리나가 상상한 것은 한적한 시골보다 조금 나은 수준에 불과했다.

그러나 돌가루 마을에 들어선 셀리나는 예상을 아득하게 뛰어넘는 마을 규모에 입을 다물지 못했다.

더욱 놀라운 점은 마을 옆에 있는 채석장이었다.

제국에서도 손에 꼽히는 채석장을 방문해 본 적이 있는 셀리나는 경악했다.

돌가루 마을에 있는 채석장은 그곳과 비교해도 손색이 없어 보였기 때문이다.

셀리나가 입을 벌리고 있는 사이에 돌가루 마을 경비대장이 나타났다.

셀리나는 마티엔과 함께 돌가루 마을 중앙에 있는 관청으로 이동했다.

관청에 들어서자 마티엔은 마을 관리관을 만나기 위해 움직였고 셀리나는 접객실로 안내받았다.

접객실에 혼자 들어서게 되었지만 셀리나는 불편하기는커녕 도리어 잘되었다 싶었다.

혼란스러운 머리를 정리하기 위해서라도 혼자만의 시간이 필요했던 터였다.

휴식을 취하기 위해 푹신한 의자로 이동하던 중에 창가가 눈에 들어왔다.

"창문이 열린 건가?"

셀리나는 창가로 걸음을 옮겼고, 잠시 얼음처럼 몸이 굳어 버렸다.

"이거 유리 같은데……."

셀리나가 부단주로 있는 구름다리 상단은 알려지지 않아

그렇지 규모로 보자면 제국에서 다섯 손가락 안에 꼽힐 정도로 거대한 곳이었다.

구름다리 상단의 주요 수입원 중 하나가 유리였기에 셀리나가 느끼는 충격은 더욱 컸다.

"어떻게 이렇게 만들 수 있는 거지?"

이토록 투명한 유리가 제국에 풀리기 시작한다면 구름다리 상단에서 판매하는 유리는 자리를 잃어버릴 수밖에 없으리라.

접객실에서 구경할 것은 유리만이 아니었다.

셀리나는 창가에서 벗어나 접객실 장식장에 놓인 접시를 살펴보았다.

투명한 유리로 만들어진 접시도 있었지만 정작 그녀의 눈을 사로잡은 것은 유리그릇이 아니라 하얀 접시였다.

셀리나는 마른침을 삼키고 장식장에 놓인 하얀 접시를 문질러 보았다.

딱딱하지만 부드럽고 매끈했다.

셀리나는 눈을 반짝였다.

그녀는 마법사이긴 하지만 상인이기도 했다.

상인으로서의 감이 소리치고 있었다.

이 하얀 접시는 돈이 된다.

장식장 안에는 접시만 있지만 분명 다양한 식기가 존재할 것이다.

셀리나의 시선이 하얀 접시에 머물러 있을 때, 돌가루 마을 경비대장이 찾아왔다.

그녀는 장식장에 있는 하얀 접시에서 눈을 거두었다.

"마을 입구에서 안내해 주신 분이군요. 그때는 경황이 없어 인사를 드리지 못했습니다. 구름다리 상단의 부단주 셀리나입니다."

"돌가루 마을 경비대장 데이카입니다. 마티엔 관리관님께서 손님을 모셔 오라 하여 이렇게 찾아뵙게 되었습니다."

익스는 마른침을 삼키다가 사레가 들려 몇 번 기침을 내뱉어야 했다.

"크흠, 내가 잘못 들은 게 아니라면 방금 자네가 공간 이동 마법이라고 한 것 같은데. 맞나?"

"맞습니다."

익스는 여전히 믿을 수 없다는 표정으로 다시 물었다.

"정말 공간 이동이 가능하다고?"

"제약이 많긴 하지만 가능합니다."

"벌써?"

마티엔이 의아한 표정으로 되물였다.

"벌써라니요?"

폐황제가
되었다

익스에게서 '벌써?'라는 말이 튀어나온 것은 아직 공간 이동 마법진이 등장할 때가 아니었기 때문이다.

포킹덤에서 공간 이동 마법진이 등장한 것은 복합 마나석이라 불리게 될 가공 마나석이 등장하고부터다.

인간에 의해 발명된 마나석은 초창기엔 대단히 위험한 물건으로 취급받았다.

사용할 때마다 크고 작은 폭발이 일어났기 때문이다.

수많은 인명 피해가 발생하긴 했지만 인간의 응용력은 상식을 뛰어넘었다.

쉽게 폭발하는 마나석을 무기로 사용하기 시작한 것이다.

바로 마나 폭탄이었다.

재미난 사실은, 마나 폭탄의 위력을 높이고자 연구를 하다가 폭발을 제어할 방법을 찾아내게 된다는 것이다.

그때부터 인간이 만든 마나석을 복합 마나석, 요정 대륙에서 생산되는 순수한 마나석을 정합 마나석이라 부르게 된다.

복합 마나석은 마나 분사량이 정합 마나석보다 5배나 높다.

폭발이 일어나는 것도 마나 분사량이 많기 때문이었다.

이것을 제어하게 된 순간부터 마법사들에게 신세계가 열렸다.

마나 분사량이 높은 만큼 활용하기 까다롭고 폭발 위험이 따르긴 하지만 공간 이동과 같이 막대한 마나를 필요로 하는 고위 마법에는 대단히 유용했다.

복합 마나석의 제어법과 활용법이 알려지면서 마법사들은 복합 마나석을 이용한 마법진 연구에 들어간다.

그렇게 마법진 연구가 활기를 띠면서 마법의 발전은 급속도로 진행된다.

거기에 맞추어 등장하는 것이 바로 익스가 80년을 앞당겨 탄생시킨 마법 공학이다.

익스가 알기로 공간 이동 마법진은 고위 마법에 속한다.

아까도 언급했다시피 고위 마법을 사용하기 위해선 반드시 복합 마나석이 필요했다.

그런데 어찌 된 영문인지 마티엔은 복합 마나석도 나오지 않은 시점에서 공간 이동을 이야기하고 있었다.

익스의 입에서 '벌써?'라는 말이 괜히 나온 것이 아니다.

그러나 공간 이동이 소설보다 빨리 나온 탓이라 밝힐 수는 없는 일이니, 익스는 변명으로 실수를 적당히 덮어 버리고 넘어갔다.

"너무 당황해서 헛소리가 나온 거니까 신경 쓸 필요 없네."

누가 보아도 매우 놀란 익스였기에 마티엔은 별다른 의심 없이 받아들였다.

"그것보다 정말 공간 이동 마법진을 사용할 수 있다는 거지?"

"조금 전 말씀 올렸다시피 크고 작은 제약이 있긴 하지만 강행한다면 할 수는 있습니다."

알베스가 요새로의 복귀를 반대하지 않은 이유를 이제야 알 수 있을 것 같았다.

위험하다 싶으면 공간 이동 마법진을 이용해 안전한 곳으로 보내 버리려는 심산일 것이다.

"공간 이동이 가능했으면 진작 알려 주었어야지. 그랬다면 내가 굳이 대역을 내세울 필요도 없었을 것이 아닌가."

"말씀드릴 수가 없었습니다."

"왜?"

"지금은 공간 이동이 가능하지만 이전엔 불가능했기 때문입니다."

"아까부터 공간 이동이 언급될 때마다 제약이란 단어를 붙이던데, 그 제약 때문에 불가능하다는 것인가?"

"후작님께서도 짐작하고 계시겠지만 공간 이동이라는 것은 어려울 뿐만 아니라 대단히 위험한 마법입니다. 완벽하게 준비가 되어 있지 않다면 예측하기 어려운 불행한 사태가 벌어질 수도 있습니다."

"그렇게 막연하게 설명해서야 어찌 알아듣겠나. 제약이라는 것이 뭔지 쉽게 설명해 주었으면 좋겠군."

"공간 이동을 하기 위해선 출발할 곳과 도착할 곳 양쪽에 모두 마법진이 마련되어 있어야 합니다. 이뿐만이 아니라 일정 이상 경지에 이른 마법사가 동시에 마법진을 발동해야 합니다."

익스가 들어 보기에는 그리 풀기 어려운 문제가 아닌 것 같았다.

"내가 듣기에는 충분히 극복할 수 있는 제약 같은데. 마법진이야 새기면 되는 것이고, 마법사들은 자네와 연락이 닿은 자들을 데려와 배치하면 되는 것이 아닌가? 그리고 마법진 발동은 약속 시간을 정하면 되는 것이고."

"지금 후작님이 말씀하신 바로 그 방법으로 하늘 길 요새로 이동할 수 있습니다."

"그러면 문제가 없지 않나."

"맞습니다. 후작님께서 돌가루 마을에서 하늘 길 요새로 이동하는 것은 얼마든지 가능하지만, 다른 곳은 어렵습니다."

"도통 무슨 소린지 모르겠군."

익스가 이해할 수 없다는 표정을 짓자 마티엔이 설명을 이어 갔다.

"공간 이동 마법진은 동시에 여러 곳을 연결할 수가 없습니다. 하늘 길 요새와 돌가루 마을을 연결한 마법진은 오로지 그 두 곳만 이동할 수 있는 것입니다. 다른 곳으로 이동하길 원하신다면 마법진을 새롭게 설치해야만 합니다. 당연히 마법진을 설치하면 되지 않느냐고 물으시겠죠?"

익스는 고개를 끄덕였다.

"공간 이동 마법진은 막대한 마나가 소모되는 고위 마법입니다. 이러한 마법진이 가까운 곳에 있으면 서로 영향을 주게 되지요. 발동되지 않은 상태에서도 거리가 가깝다면 영향을 주어 마법진이 흐트러지거나 소멸합니다. 마법진 간의 간격은 최소한 10km입니다."

익스의 미간이 좁혀졌다.

"자네 말대로라면 도시 하나에 마법진을 1개 내지는 2개 정도밖에 설치할 수 없겠군."

"제가 말씀드린 간격은 최소한입니다. 확실하게 하자면 15km 안에는 어떠한 마법진도 없어야 합니다."

"지금 그 말은 공간 이동 마법진뿐만 아니라 마법진 자체가 없어야 한다는 것인가?"

"그렇습니다."

"너무 비효율적인데. 그러면 거리가 먼 곳만 공간 이동 마법진을 설치하면 되지 않겠나. 나무노래성과 아네스를 연결한다거나, 수염 고래 마을과 요정 마을을 연결하는 거지. 그렇게만 할 수 있다면 여러모로 큰 도움이 될 것 같은데."

수염 고래 마을 부두에서

마티엔은 고개를 흔들었다.

"아까 말씀드리지 않았습니까. 마법진을 발동시키기 위해선 양쪽 모두에 일정 이상의 경지에 오른 마법사가 대기하고 있어야 합니다."

"일정 이상의 경지가 어느 정도인가?"

"6서클입니다."

익스는 포킹덤을 완독한 독자였기에 6서클 마법사가 얼마나 귀한지 잘 알고 있었다.

6서클이라는 말이 나온 순간 익스는 속으로 '그만한 마법사를 마법진에 붙여 놓으면 낭비지!'라고 소리쳤다.

익스는 속마음을 감추고서 물었다.

"나에게 요새로의 공간 이동을 제안한 것으로 보자면 3명 중 하나가 요새에 있다는 것이겠군."

"그렇지는 않습니다. 6서클 마법사가 필요한 것은 완벽을 기하기 위한 것입니다. 사정이 급박하다면 다수의 마법사를 투입해 어떻게든 마법진을 발동시킬 수는 있습니다. 문제는 마법진을 발동시킨 마법사들이 마나 공백과 함께 엄청난 후유증에 시달릴 수 있다는 것이지요."

익스는 어렴풋이 떠오르는 것이 있었다.

마티엔이 흑마법사들을 쓸어버리는 과정에서 마나 공백이란 단어가 언급되었다는 것을 기억해 낸 것이다.

"마나 공백이라면 가지고 있는 마나를 완전히 소모하였을 때 나타나는 증상을 말하는 건가?"

마티엔이 눈을 동그랗게 뜨고 물었다.

"후작님께서 어찌 알고 계셨습니까?"

익스는 대충 얼버무렸다.

"마나어도 알고 있는 마당에 마나 공백을 모를까. 그것보다 소모된 마나는 자연스럽게 회복되는 것으로 알고 있는데."

"공간 이동 마법진을 발동시키기 위해선 짧은 시간에 엄청난 마나가 소모됩니다. 마법사로선 그야말로 눈 깜짝할 사이에 마나를 빼앗기는 것이나 다름이 없지요. 그로 인해 마나를 저장해 놓는 그릇이 손상을 입게 되는지라 6서클 이상의 마법사가 도와주지 않으면 목숨을 잃거나 마법을 잃어버리게 됨니다."

익스는 눈을 찌푸릴 수밖에 없었다.

"내가 여기서 요새로 공간 이동을 하면 그곳에 있는 마법 사들이 위험하다는 것이군."

"제가 없다면 문제가 될 것이나 함께하면서 마나 공백 상태를 치료해 준다면 일주일 안에 회복할 수 있습니다. 무엇보다 마나 공백을 성공적으로 이겨 낸다면 서클이 올라가는 기연을 얻을 수도 있습니다."

"6서클 마법사가 아니면 아예 사용조차 할 수 없는 마법이로군."

"그렇습니다."

"6서클 마법사가 흔치는 않겠지?"

마티엔이 막 입을 열려고 하는데, 관리관실 밖에서 데이카의 목소리가 들려왔다.

구름다리 상단의 셀리나 부단주가 도착해 기다리고 있다는 것이었다.

익스는 낯선 이름이 언급되자 의아한 눈빛으로 마티엔을 바라보았다.

"아, 벌써 1시간이 흐른 모양이군요. 후작님을 만나 뵙기 전에 데이카 경비대장에게 1시간 후에 저와 함께한 구름다리 상단의 부단주를 관리관실로 데려와 달라 부탁했습니다."

익스는 고개를 갸웃거렸다.

구름다리 상단이 왠지 모르게 귀에 익었기 때문이다.

'뭔가 기억날 것 같은데…….'

익스는 흐릿한 무엇인가를 떠올리기 위해 애를 썼지만 성공하지 못했다.

마티엔과 밖에서 대기 중인 손님을 두고 언제까지 생각에 빠져 있을 순 없지 않겠는가.

"자네와 함께 왔다면 아네스에서 만났다는 백마법사일 것인데, 구름다리 상단은 뭐지?"

"백마법사 출신들이 만든 상단입니다."

익스는 흑마법사들의 고양이 눈동자 길드를 떠올렸다.

백마법사들도 흑마법사처럼 나름대로의 영역을 구축해 명맥을 유지하고 있는 모양이었다.

하긴 꼭꼭 숨어만 있어서야 무엇을 할 수 있겠는가.

몰락에 가까운 피해를 입은 흑마법사들도 고양이 눈동자 길드를 통해 힘을 회복했다.

백마법사들이라고 그 긴 시간 동안 손가락만 빨고 있었겠는가.

"그런데 백마법사들이 만든 상단이라면 범상치 않을 것 같은데 말이야. 구름다리 상단은 나로서도 처음 들어 보는군."

"구름다리 상단의 활동 영역은 동부 지역입니다. 중부와 서부 지역 몇몇 대도시에도 지부가 설치되어 있긴 하지만 그리 알려진 곳은 아닙니다."

"일단 들여보내게. 마냥 밖에 세워 둘 수는 없으니까."

"그 전에 여쭈어볼 것이 있습니다."

"말해 보게."

"후작님을 어찌 소개하는 것이 좋을는지요?"

"어차피 요새로 복귀하기로 했으니까 원래대로 돌아가야겠지. 후작 행세는 여기서 마무리하고 황제로서 만나도록 하지."

마티엔은 직접 관리관실 문을 열고서 구름다리 상단의 부단주를 들였다.

익스는 관리관실 안으로 들어서는 부단주를 유심히 살폈다.

이름을 듣고서 여인일 것이라 예상은 했었지만 저리 젊을 것이라곤 생각지 못했다.

더욱 놀라운 건 단순히 젊기만 한 것이 아니라 사람의 눈길을 사로잡을 정도로 아름답다는 점이었다.

"황제 폐하께 예를 올리게."

아름다운 여인이 마티엔과 익스를 번갈아 바라보았다.

그녀의 눈동자엔 놀람보다는 의아함이 담겨 있었다.

늑대송곳니는 말없이 배에서 내리는 독수리발톱을 이상하게 바라보았다.

독수리발톱은 걱정했던 것과 달리 요정 마을에서 아무런

말썽도 일으키지 않았다.

이주한 동족들을 살피고 요정 마을을 살피면서 시간을 보냈다.

오죽하면 독수리발톱과 그 친구들을 감시하던 원로들이 '저놈이 죽을 때가 된 것 같아.'라고 했겠는가.

요정 마을로 내려갈 때만 하더라도 한바탕 난리를 쳤던 녀석이건만 수염 고래 마을로 올라갈 동안은 얌전했다.

늑대송곳니가 알고 있는 독수리발톱은 얌전이라는 단어와는 담을 쌓아도 수십 수백 번을 쌓을 녀석인데.

'미친놈이 괜히 미친놈인가. 예측이 안 되니 미친놈이지.'

늑대송곳니는 독수리발톱에게서 눈을 떼지 않았다.

독수리발톱을 중심으로 뭉쳐 있는 천방지축 오총사는 결코 방심할 수 없는 놈들이었다.

사나운도끼와 같은 원로들이 없는 상황에서 저놈들을 제어할 수 있는 건 자신뿐이라는 것을 잘 알고 있는 늑대송곳니였다.

늑대송곳니가 유심해 살펴본다는 것을 알고 있었던 것일까?

독수리발톱은 수염 고래 마을까지 올라가는 동안 거의 대부분의 시간을 선실에서 머물렀다.

가끔 갑판에 올라오긴 했지만 선원들을 정신 사납게 만드는 일은 없었다.

폐황제가
되었다

그저 바람을 맞으며 하염없이 바다를 살피다가 선실로 돌아갔다.

배가 수염 고래 마을 부두에 정박하면서 17일간의 항해가 마무리됐다.

늑대송곳니는 17일간 평범한 하이오크가 되어 준 독수리발톱에게 다가갔다.

독수리발톱은 자신과 어깨를 나란히 한 늑대송곳니를 바라보았다.

"할아버지를 만나러 가신 것 아닙니까?"

독수리발톱이 말한 할아버지란 수염 고래 마을을 이끌다가 은퇴한 자를 뜻하는 것이다.

"잠깐 얘기 좀 하자."

독수리발톱이 고개를 끄덕이자 늑대송곳니가 앞으로 걸음을 옮겨 그와 마주 섰다.

"무슨 일 있냐?"

"무슨 일이라니요?"

"모르는 척하지 마라."

늑대송곳니의 날카로운 눈빛에 독수리발톱은 굳게 입을 다물었다.

"이번에도 멀미가 심했나?"

"그런 것 아닙니다."

정곡을 찔리면 펄쩍펄쩍 뛰면서 아니라고 소리치던 독수리발톱이다.

지금과 같이 담담히 아니라고 한다면 정말 아닌 것이다.

"이유나 좀 들어 보자."

독수리발톱은 멋쩍은 표정으로 뒷머리를 긁적였다.

"그게……."

"네놈이 안 하는 짓을 하니까 더욱 불안하잖아. 그러니까 뜸 들이지 말고 어서 말을 해 봐."

붙어 있던 독수리발톱의 입술이 떼어졌다.

"요정 마을 때문입니다."

"거기가 왜?"

"우리 형제와 자매가 그곳에서 살아가는 모습을 보고 기분이 이상했습니다. 안타깝기도 했고요."

늑대송곳니는 이해할 수 없다는 표정을 지었다.

요정 마을로 이주한 동족들은 누구랄 것 없이 큰 만족감을 나타내고 있었다.

아침에 일어나 식사를 하고 일터로 이동해 주어진 일을 한다. 힘을 쓰는 일이긴 했지만 하이오크에게는 그리 어려운 일도 아니었다.

하늘이 붉게 물들면 일을 끝내고 집으로 돌아와 가족들과 함께 저녁을 먹거나 이웃들과 술잔을 부딪치며 도란도란 이야기를 나누었다.

가끔은 그물 마을에 있는 인간들이 파티를 열어 초대했고,

폐황제가 되었다

반대의 경우도 있었다.

요정 마을에서 파티를 열어 인간들을 초대해 즐거운 시간을 가지기도 했다.

이것이 요정 마을에서 흔히 볼 수 있는 풍경이었다.

물론 이주 초창기엔 전쟁터로 변한 고향에 가족들을 남겨두고 떠나왔다는 사실에 자책하는 자들도 있었다.

그러나 오크와의 전쟁에서 승승장구하고 있다는 사실이 알려지면서 자책에서 벗어나게 되었다.

늑대송곳니가 보기엔 요정 마을로 이주한 동족들은 평화로운 곳에서 행복하게 살아가고 있는 중이었다.

"도대체 어떤 점이 안타깝다는 거지?"

"너무 행복해 보였습니다. 아이들이 이곳저곳을 뛰어다니느라 늦게 돌아와도 어머니들께서 크게 걱정하지 않으시더군요. 인간들과 함께 살아간다기에 어느 정도 제약이 있을 것이라 생각했지만 그런 것도 찾을 수 없었습니다."

"그게 왜 안타깝다는 거지?"

독수리발톱이 고개를 숙이고 속삭이듯 말했다.

"여기선, 우리 고향에서는 볼 수 없었던 모습이었습니다. 그래서 안타깝게 느꼈습니다."

독수리발톱의 목소리가 점점 커졌다.

"우리 고향은 이곳입니다. 조상 대대로 우리가 살아왔던 터전에서는 왜 그곳과 같이 행복하게, 평화롭게 살아가지 못하는 겁니까. 저는 그게 안타까웠습니다.”

늑대송곳니는 의외라는 눈빛으로 독수리발톱을 바라보았
다.

‘이, 이 녀석 뭐야?’

의심스러웠다.

독수리발톱의 탈을 쓰고 있는 다른 누군가일지도 모른다
는 의심이 솟구쳤다.

사람들이 넘쳐 나는 부두만 아니었다면 양손으로 독수리
발톱의 얼굴을 잡아당겨 보았을 것이다.

“저 녀석이 옳은 말도 할 줄 아네.”

“모처럼 가슴이 뜨거워졌어.”

“그러니까. 저놈이 친구들이랑 몰려다니면서 온갖 사고를
치던 것이 엊그제 같은데, 이제 어른이 다 됐네.”

“난 순간 울컥했다니까.”

“나는 반성했다. 가족들을 전부 바다 건너에 보내 놓고 마
냥 좋게만 생각했거든.”

부두에 몰려 있던 하이오크들은 물론이고 노움과 호빗, 수
염 고래 마을의 인간들까지도 감동을 받고서 한마디씩 내뱉
었다.

“저놈이 힘만 좋아서 전사가 된 줄 알았더니 그게 아니었
어.”

“힘쓰는 놈들이야 널리고 널렸지. 전사라면 저 녀석처럼 생

각이 제대로 박혀 있어야 하는 법이야. 역시 전사는 아무나 하는 것이 아니라니까."

"이러니까 그놈들을 상대로 와장창 밀어 버리는 거지."

늑대송곳니는 하이오크 전사를 힘이 가장 좋은 순으로 뽑는다는 것을 차마 밝힐 수가 없었다.

이를 증명하듯이 독수리발톱의 말에 반응을 보였던 하이오크들이 헛기침을 내뱉으며 서둘러 자리를 피했다.

독수리발톱이 의욕적인 눈빛으로 늑대송곳니를 바라보며 말했다.

"저를 선봉에 세워 주십시오. 오크고 고블린이고 모조리 쓸어버리겠습니다."

전투 의지를 불태우는 것은 분명 좋은 일이다.

'달라진 것 같긴 한데.'

녀석이 철든 것은 분명해 보였지만 늑대송곳니는 마냥 좋아할 수 없었다.

철든 모습이 얼마나 오래 지속될지가 의문이었다.

누군가는 저렇게 말하고서 사고를 친다는 것이 말이 되냐고 할 수도 있을 것이다.

그러면 늑대송곳니는 이렇게 대답해 줄 것이다.

"저놈한테 한번 당해 봐라."

속마음을 들킨 데이카

익스의 손에 들려 있는 종이가 바람 소리가 날 정도로 순식간에 넘어갔다.

대충 집어 넘기는 것 같았지만 문자보다는 숫자와 표, 그래프 위주로 작성된 것이라 빠르게 살필 수 있었던 것이다.

익스는 마지막 장을 손에 들고 입을 열었다.

"확실히 상인들이 빨라."

"새로운 시장을 확보하고자 하는 경쟁이 치열한 것 같습니다."

"여기 보니까 그물 마을에서 활동하는 상단까지 왔다고 되어 있던데."

"2개의 상단이 활동을 시작했습니다."

"이렇게 되면 새 바위 마을과 그물 마을 간의 대결이 되는 건가?"

데이카가 고개를 저었다.

"이파전이 아니라 삼파전이 될 것 같습니다. 최근 돌가루 마을에서 마을 상권을 남에게 넘겨줄 수 없다며 돌가루 마을 출신의 상인들이 힘을 합쳐 상단을 조직하고 활동을 시작했습니다."

"이제 시작이라면 다른 마을에서 온 상단에 밀릴 것 같은데."

"그렇지 않습니다. 이틀 전에 관청을 찾아와서 폭포산 요새로 들어가는 물품 거래를 독점하고 싶다는 뜻을 전해 왔습니다."

"호오."

폭포산 요새에 이주한 인원은 3천뿐이었지만 앞으로 무섭게 발전할 곳이다.

하지만 이는 외부로 알려지지 않았다.

그런데도 폭포산 요새로 들어가는 물품 거래를 독점하겠다고 제안했다면 돌가루 마을 출신 상인들이 모여 만들었단 상단에 상당한 식견을 갖춘 상인이 있다는 것이었다.

"다른 곳에선 연락이 없었나?"

"이렇다 할 관심을 나타내지 않았습니다."

"하긴 돌가루 마을 상권만 손에 쥐고 있어서도 이익이 엄

폐황제가 되었다

청날 테니까."

익스는 책상에 있는 종이에 손을 올리고서 데이카에게 물었다.

"여기에 보니까 마을 인구가 6만을 넘은 것으로 예측된다고 되어 있던데?"

"정확히 파악하려면 시일이 필요할 것이지만 일단 6만을 넘어선 것은 확실해 보입니다."

"6만이라면 거의 새 바위 마을급이군. 우리 임시 관리관께서 잘할 수 있겠지?"

경비대장이었던 데이카는 임시 관리관 자리로 복귀하게 되었다.

익스가 하늘 길 요새로 복귀하기로 결정했기 때문이다.

침울하게 변한 데이카의 얼굴을 확인한 익스가 피식 웃었다.

"또다시 임시 관리관이 되어 불만인가?"

"불만이라니요. 그런 것이 아닙니다."

"그게 아니면?"

데이카는 우물쭈물하면서 입을 열지 못했다.

익스는 굳이 캐묻지 않았다.

데이카가 고생하는 것은 분명한 사실이었으니까.

20명의 하급 관료들을 붙여 주긴 했지만 그것으로 모든 것이 해결되는 것은 아니다.

돌가루 마을 인구는 어느새 6만에 도달했고, 앞으로 더욱 늘어나게 될 것이다.

한 치의 과장 없이 매일같이 사람들이 돌가루 마을로 유입되고 있으니까.

"너무 걱정할 필요 없어. 구름다리 상단 부단주가 남아서 자넬 도와주기로 했어. 상단을 운영한 만큼 자네에게 큰 도움이 될 것이네."

셀리나가 남을 것이란 소리에 데이카의 얼굴이 크게 밝아졌다.

"너무 좋아하진 마. 셀리나가 남는 것은 폭포산 요새 때문이니까."

데이카의 표정이 다시 침울하게 변하는 것을 확인한 익스가 말을 이었다.

"자네가 바쁘다는 것은 알고 있어. 내가 요새로 복귀하면 곧바로 로만이라는 자를 보낼 테니까, 그자를 부리도록 하게. 산적단 출신이긴 하지만 제법 쓸 만해 보였어. 로만이 올 때까지는 셀리나가 자넬 도와주기로 했으니 그리 걱정할 필요 없을 거야."

데이카가 뛰어난 인재이긴 했지만 그에게 돌가루 마을을 전부 떠넘길 수는 없었다.

'새 바위 마을에 있는 로인은 뭐냐?'라고 묻는다면, 안타깝게도 데이카는 로인만큼 뛰어난 내정가가 아니었다.

데이카는 스스로 검을 익힌 용병 출신이다.

검을 익힌 자 중에서는 제법 머리를 쓰는 축에 속했지만 돌가루 마을을 온전히 이끌어 가긴 어려웠다.

이러한 사실을 데이카 자신도 알고 있었기에 어떻게든 임시 관리관이라는 자리에서 벗어나려고 했던 것이다.

'뭐야?'

데이카의 얼굴이 다시 침울해졌다.

로만이 올 때까지 셀리나를 붙여 주었다면 익스는 해 줄 만큼 해 준 것이다.

"표정이 왜 그렇지?"

데이카는 영문을 모르겠다는 얼굴로 답했다.

"네? 표정이라니요?"

"로만이 산적 출신이라서 그런 건가?"

"아닙니다."

"그러면 뭐가 문제이기에 그렇게 침울한 표정을 짓는 거지?"

데이카는 손사래를 치며 부인했다.

"침울하다니요. 절대 그렇지 않습니다."

"부단주를 믿지 못하는 건가?"

"절대 아닙니다. 셀리나 양을 어찌 믿지 못할 수가 있겠습니까."

셀리나가 언급되자 데이카의 목소리가 커졌다.

'이것 봐라.'

익스는 혹시나 해 데이카를 떠보았다.

"생각해 보니 자네가 불편할 수도 있겠어. 여인과 일한다는 것은 아무래도……."

익스는 말을 잇지 못했다.

데이카가 끼어들었기 때문이다.

"아닙니다. 저는 괜찮습니다. 일손이 부족한 상황에서 남녀의 구별이 무슨 의미가 있겠습니까. 능력이 있다면 당연히 활용해야지요."

평소의 데이카였다면 감히 황제의 말을 잘라먹는 행동을 하지 못했을 것이다.

설사 황제의 말을 중간에 잘랐더라도 재빨리 죄를 청했겠지.

그런데 지금 데이카는 자신이 황제의 말을 잘랐다는 사실조차 인지하지 못하는 것 같았다.

"생각해 보니까 자네 업무가 과중한 것 같아. 이참에 아예 새로운 관리관을 뽑는 것이 좋겠어."

데이카가 안절부절못하다가 의욕적으로 소리쳤다.

"아닙니다. 할 수 있습니다. 부족한 점이 있긴 하지만 20명의 하급 관료들과 셀리나 양이 지원해 주신다면 충분히 가능합니다."

이것으로 익스는 확신을 얻었다.

'넘어갔네.'

셀리나의 아름다움을 한번 떠올려 보자면 이상한 일이 아니었다. 그만한 미인을 보고 어떤 사내가 반하지 않을 수 있겠는가.

익스처럼 다양한 매체를 통해 수많은 미인을 접해 온 것이 아니라면 셀리나의 아름다움에 취할 수밖에 없었다.

'그나저나 어쩌나. 만만한 상대가 아닌데.'

셀리나를 마음에 품고 있다면 데이카는 꽤나 고생을 하게 될 것이다.

"폐하, 소장이 비록 부족한 것이 많지만 열심……."

데이카는 무엇인가에 홀린 듯이 입을 움직이다가 익스와 눈이 마주치는 순간 깨달았다.

자신이 지금 무슨 짓을 저지르고 있는지 말이다.

익스는 자리에서 일어나 데이카와의 거리를 좁히며 말했다.

"자네가 그렇게까지 열정적으로 나온다면 어쩔 수 없지. 열심히 하겠다는 사람을 내쫓을 순 없으니까."

데이카를 눈앞에 둔 익스는 그의 어깨에 손을 올리며 속삭이듯 말했다.

"이러다가 나중에는 폭포산 요새로 가겠다고 하겠어?"

데이카는 벼락을 맞은 사람처럼 몸을 떨었다.

데이카를 남겨 두고 관리관실을 빠져나온 익스는 센드와 함께 걸음을 옮겼다.

센드는 관청 안에서도 긴장의 끈을 놓치지 않고 주변을 두리번거렸다.

"아직도 안 끝난 건가?"

"그렇습니다. 스승님께서 말씀하시길 수련이란 죽을 때까지 하는 것이라 하셨습니다."

센드가 언급한 스승님이란 사나운도끼를 말하는 것이다.

사나운도끼의 제자가 된 센드는 매일같이 가르침을 받고 있었다.

옆에서 지켜보는 익스 입장에선 가르침인지 괴롭힘인지 헷갈렸으나, 센드는 용케 버텨 냈다.

익스는 데이카에게 물어본 적이 있다.

저토록 혹독한 훈련이 과연 도움이 되는 것이냐고.

데이카가 답하길, 일반적으론 불가능하지만 센드의 경우는 괴물과 같은 회복력을 지니고 있기에 가능하다고 했다.

가르치는 사나운도끼만큼이나 센드도 독한 놈이었다.

여기서 생기는 의문이 있다.

현재 익스의 안전을 책임지고 있는 것은 하이오크 호위대였다.

그들은 어디 가고 센드가 익스 곁에 있는 것일까?

훈련 때문이었다.

익스가 폭포산 요새에서 돌가루 마을로 복귀하였을 때, 사나운도끼가 찾아와 지원을 요청했다.

사나운도끼가 심각한 표정으로 지원을 요청하기에 무슨 일인가 싶어 익스는 잔뜩 긴장할 수밖에 없었다.

그러나 사나운도끼의 말을 듣는 순간 익스는 허탈함을 느껴야 했다.

그 지원이라는 것은 센드의 훈련을 도와 달라는 것이었기 때문이다.

지원 내용은 간단했다.

관청 안에서 센드가 익스를 호위하게 해 주는 것이 전부였다.

바로 지금과 같이 말이다.

관청 안에서 호위하는 것이 훈련에 무슨 도움이 될까 싶었던 익스였지만 옆에서 지켜본 결과 의외로 만만치 않은 일이었다.

계단을 오르던 센드가 걸음을 멈췄다.

"왜?"

"죄송합니다. 제가 착각한 것 같습니다."

익스는 2층으로 올라가는 계단 중간에서 주변을 살폈지만, 딱히 숨을 만한 곳은 없어 보였다.

"설마 여기에 있으려고."

센드도 익스의 의견에 동의하고 다시 계단을 올랐다.

그때였다.

위에서 검은 덩어리 하나가 익스와 센드 사이에 뚝 하니 떨어졌다.

"이번에도 실패다."

사나운도끼였다.

센드는 고개를 숙이고서 들지 못했다.

사나운도끼는 아무런 감정도 담겨 있지 않은 목소리로 말했다.

"훈련장으로 가라."

센드는 익스와 사나운도끼를 향해 90도로 허리를 숙여 인사를 올린 다음 훈련장으로 향했다.

이것이 바로 센드의 훈련이었다.

익스를 호위하면서 은신한 하이오크 호위대를 조기에 발견해 막아 내는 것.

이번과 같이 실패한다면 늦은 밤까지 혹독한 수련에 들어가야 한다.

센드가 관청 밖으로 나간 것을 확인한 뒤에 익스가 물었다.

"어디 있었습니까?"

사나운도끼가 망토 사이에서 손가락을 꺼내 천장을 가리켰다.

유심히 살펴보니 햇빛이 들어오지 않는 사각지대를 발견할 수 있었다.

"저기 말입니까?"

"그렇소."

저렇게 커다란 덩치로 어떻게 천장에 매달려 있었던 것일까?

애초에 저 높은 곳까지는 어떻게 올라갔을까?

사다리를 이용한 것도 아니고, 마땅히 밟을 것도 잡을 것도 없었다.

'이 양반이 피터 파커도 아니고 말이야.'

익스는 고개를 흔들며 더는 묻지 않았다.

하이오크의 능력이 괴물 같다는 것은 포킹덤에서 자주 언급되었다.

괴물과 같은 능력 중 하나가 스파이더맨과 같이 벽을 타는 것일 수도 있지 않겠나.

2층으로 올라선 익스가 사나운도끼에게 말했다.

"내일 아침에 출발할 겁니다. 마티엔에게 물어보니 다 같이 이동이 가능하다고 하네요. 훈련은 오늘로 끝입니다."

"아쉽군요. 조금씩 성과를 보이고 있었는데."

"센드가 많이 좋아진 겁니까?"

"처음과 비교하자면 확실히 좋아졌소."

후드로 얼굴을 가리고 있어 표정을 읽을 순 없었지만 목소리 톤이 살짝 올라갔다.

"좋아졌으면 칭찬 좀 해 주시죠. 혹독하게만 다루면 자신 감을 잃을 수도 있습니다. 하이오크는 어떨지 모르겠지만 인 간에겐 칭찬도 필요합니다. 칭찬은 고래도 춤추게 한다는 말 이 괜히 생긴 것이 아니죠."

"고래가 춤을 출 수 있소?"

"비유입니다, 비유. 인간들이 왜 이런 말을 만들어 냈겠습 니까. 그만큼 칭찬이 필요하기 때문입니다."

"수련에 도움이 된다면 고려해 보겠소."

"센드가 우직한 면이 있어 불평 없이 가르침을 받고 있다 곤 하지만, 적지 않게 힘들어하고 있습니다."

"그놈의 육체는 하이오크에 가까워 괜찮소."

"제가 말하는 것은 육체가 아니라 정신입니다. 정신적 피로 감도 고려하셔야지요."

익스는 센드를 몰아붙이기만 하는 사나운도끼에게 충고를 하면서 마법진이 설치되고 있는 방 안에 들어섰다.

그리고 하늘 길 요새에 있는 모락은 동쪽 성문에서 가족을 맞이했다.

하늘 길 요새로 복귀

익스는 관청 2층에 마련된 공간에 그려진 마법진을 바라보았다.

마법진이라고 한다면 가장 먼저 떠오르는 것은 원이다.

동그라미 안에 기이한 도형과 알 수 없는 문자가 가득 채워져 있는 그런 것 말이다.

그러나 익스의 눈앞에 나타난 마법진은 머리를 어지럽게 만들 정도로 복잡했다.

커다란 원형 마법진이 대충 훑어보아도 10개가 넘었다.

작은 원형 마법진도 족히 30개는 되어 보였다.

원형 마법진 안에 들어간 기이한 도형과 마나어까지 감안하면, 공간 이동 마법진은 기하학적인 도형을 주제로 제작한 미술품에 가깝다고 할 수 있었다.

공간 이동이 고위 마법이라는 것은 들어서 알고 있었지만 이렇게 복잡한 마법진일 줄이야.

'설치만으로도 만만치 않겠어.'

손으로 그리는 것도 힘든 마당에 마나를 움직여 바닥에 마법진을 새겨 넣으려고 한다면…….

익스는 마티엔을 상대로 공간 이동을 적극적으로 활용하자고 의견을 냈던 것이 진심으로 후회스러웠다.

땀으로 흠뻑 젖어 있는 셀리나를 보고 나서는 그 후회가 정점을 찍었다.

5서클의 경지에 오른 천재 백마법사가 공간 이동 마법진을 그리고서 녹초가 되어 버렸다.

더욱 놀라운 것은, 셀리나가 그린 것은 조금 전 언급했던 30여 개의 작은 원형 마법진 중에서 2개에 불과했다.

작은 마법진 2개를 그리고서 사람이 반쯤 녹아내릴 정도로 진이 빠져 버린 것이다.

공간 이동 마법진을 설치하는 것이 말처럼 쉬운 일이 아니었단 걸 이제야 깨달았다.

뭣도 모르고 공간 이동 마법진을 마을마다 설치하자고 했으니 듣고 있던 마티엔은 얼마나 답답했을까.

'5서클 마법사가 저리될 정도라면 도대체 저 양반은 얼마나 센 거야?'

정작 마법진을 완성시킨 마티엔은 도리어 한숨 자고 온 것처럼 활기가 넘쳐 보였다.

마티엔이란 존재가 포킹덤 세계관의 먼치킨이자 치트키라는 것을 알고는 있었지만 익스는 그 힘을 직접 겪어 보진 못했다.

바람막이산 유적지에서 있었던 흑마법사의 습격도 시스템 메시지를 통해 파악했을 뿐이다.

마티엔이 보여 준 능력이라곤 현재로선 마법 물품 제작이 전부였다.

'강력한 마법을 난사한다고 봐야 할까? 의외로 싱거울 수도 있어.'

원래 고수들의 싸움은 시시해 보인다고 하지 않던가.

익스가 마티엔의 힘을 가늠하고 있을 때였다.

"예정대로 출발할 수 있을 것 같습니다."

마티엔이 말한 예정된 시간은 앞으로 2시간 후였다.

익스는 고개를 끄덕이고 바닥에 주저앉아 있는 셀리나에게 다가갔다.

2시간 후에 출발한다고는 하지만 익스가 준비해야 할 것은 딱히 없었다.

사실 준비하고 싶어도 못 한다.

황제가 떠날 준비를 직접 한다면 실무진이 편하겠는가.

높은 자리에서 소탈한 모습을 보이는 것도 좋지만 과하면 실무를 담당하는 자들이 피곤해지는 법이다.

떠날 준비는 실무진에게 맡기는 것이 서로에게 좋은 일이었다.

공간 이동을 하는 마당에 준비할 것도 딱히 없겠지만.

익스가 셀리나를 바라보며 물었다.

"많이 힘들어 보이는군."

셀리나는 재빨리 몸을 일으켰다.

아니, 빨리 움직이려고 했으나 지친 탓인지 미적거리는 것처럼 보였다.

"인사가 늦었습니다."

"해 보니 어떻던가?"

"마티엔 님께서 말리신 이유를 알 것 같습니다."

공간 이동 마법진이 설치에 들어가자 셀리나는 돕겠다고 나섰다.

그녀의 행동이 순수하다고 할 수는 없었다.

말이 좋아 돕는 것이지, 실제로는 공간 이동 마법진을 배우겠단 속셈이었으니까.

당연히 마티엔은 셀리나를 제지했다.

공간 이동 마법진을 알려 주고 싶지 않아서가 아니다.

공간 이동 마법진을 설치하기에는 실력이 부족했기 때문이다.

마티엔이 위험하다며 극구 말렸지만 셀리나는 물러서지

않았다.

셀리나는 그야말로 막무가내로 마티엔과 익스를 밀어붙였다.

자신도 황제에게 충성을 맹세한 만큼 마티엔과 동료나 마찬가지라는 논리를 앞세웠다.

황제에게 충성을 맹세한 것과 마법진을 알려 주는 것이 무슨 연관 관계가 있겠는가.

그러나 셀리나의 황당한 논리는 여기서 끝나지 않았다.

어차피 언젠가는 배우게 될 마법진이기에 미리 안다고 해서 문제 될 것이 아니라 주장했다.

그때 일을 떠올리면 익스는 아직도 헛웃음이 흘러나왔다.

어쨌든 말도 안 되는 논리를 내세웠던 셀리나는 결국 원하는 것을 얻어 냈다.

끝내 공간 이동 마법진 설치 작업에 투입된 것이다.

'하긴 저렇게 마법에 푹 빠져 있으니 평생 독신으로 살았겠지.'

셀리나가 앞으로 그려 갈 미래가 무엇인지 알고 있는 익스는 자연스럽게 데이카를 떠올렸다.

'이겨 낼 수 있으려나?'

셀리나를 마음에 품고 있는 데이카는 앞으로 고생길이 열린 것이나 다름이 없었다.

셀리나의 본명은 유리.

익스가 마나어와 마법 공학을 내세워 셀리나에게 충성을 받아 내는 순간, 시스템이 메시지를 띄워 주었다.

　-기사들이 사랑한 천재 마법사 유리를 포섭하였습니다.
　-새로운 스토리를 창출하였습니다.
　-S포인트 300 획득.

　익스는 '기사들이 사랑한 천재 마법사'라는 수식어와 '유리'라는 이름을 확인한 순간, 셀리나가 누구인지를 곧바로 깨달았다.
　포킹덤에서 유리란 이름을 가진 여자는 딱 하나뿐이었다.
　천재 마법사이자 마티엔의 뒤를 이어 2대 마탑주에 오르는 유리가 바로 셀리나였던 것이다.
　익스는 확인 차원에서 셀리나에게 다른 이름이 있냐고 물었고, 그녀는 과거에 '유리'라는 이름을 가지고 있었음을 밝혔다.
　마티엔의 뒤를 이어 마탑주에 오르는 유리를 확보했다면 만세 삼창을 불러야 했지만, 익스는 데이카가 떠올라 마냥 기뻐할 수가 없었다.
　하필이면 왜, 데이카는 유리를 마음에 품었단 말인가.
　'기사가 될 것이라는 예언인가?'
　익스가 느닷없이 기사를 언급한 것은 포킹덤에서 나오는 유리에 관한 에피소드 때문이다.

아름다운 외모와 더불어 뛰어난 마법 실력을 지니고 있었던 유리는 남자들의 선망의 대상이었다.

특히 그녀는 유별나게 기사들에게 큰 사랑을 받았다.

유리에게 청혼한 자가 100여 명에 이른다고 알려져 있는데, 그들 모두가 하나같이 기사들이었다.

시스템이 괜히 그녀에게 '기사들이 사랑한'이라는 수식어를 붙여 준 것이 아니다.

오죽하면 기사가 사랑을 고백하는 것을 두고 '유리의 맹세'라는 말이 생겨났을까.

유리라는 동음이의어로 인해 이중적인 의미도 지니고 있었다.

유리처럼 잘 깨진다는 것인데, 기사의 변심을 비유하는 것이 아니었다.

유리는 독신으로 살아온 만큼, 수많은 기사에게 실연의 아픔을 주었다.

기사가 이루어질 수 없는 상대에게 고백해 거부당하는 것과 조그마한 충격에도 깨져 버리는 유리를 일치시켰다.

거부당할 것을 뻔히 알고서도 고백하는 것을 두고 '유리의 맹세'라 부르기도 한다.

'이러면 데이카가 첫 번째 피해자가 되는 건가.'

익스는 데이카가 상처를 받더라도 꿋꿋하게 이겨 낼 수 있도록 도와 달라고 오대 주신에게 기도를 했다.

그것이 어렵다면 유리의 맹세가 데이카로부터 시작되지는 않기를.

신앙심이라곤 눈곱만큼도 없는 익스의 기도가 과연 도움이 될지는 미지수였다.

어쩌면 오대 주신들이 불신자인 익스의 기도를 괘씸하게 여겨 데이카에게 지독히도 아픈 사랑을 경험하게 할지도 모르는 일이었다.

익스는 데이카에 대한 생각이 쓸데없이 길어졌다는 것을 느끼고 셀리나에게 집중했다.

"힘든 만큼 남는 것이 있지 않겠나."

"힘들긴 하지만 마나 통제가 확실히 좋아진 것 같습니다. 마나를 회복한 뒤에 시도를 해 봐야겠지만 왠지 모르게 마나 배열 속도가 빨라질 것 같다는 생각이 들기도 하고요. 어서 빨리 회복되었으면 좋겠습니다. 시험해 보고 싶은 것들이 산더미라서요."

셀리나는 환하게 웃고 있었다.

녹초가 된 상태에서도 저리 아름다운 미소를 보여 주다니.

'확실히 예쁘긴 하네.'

만약 연예인처럼 꾸며 놓는다면 여신이라 불려도 모자라지 않을 것 같았다.

"마법사로서 마법에 집중하는 것은 좋은 일이지만 자네는 짐의 신하야. 그 점을 잊어서는 안 될 것이네."

셀리나가 불끈 주먹을 쥐고서 대답했다.

"걱정하실 필요 없습니다. 구름다리 상단의 부단주 자리를 거저 얻은 것이 아니라는 것을 증명해 보이겠습니다. 임시 관리관을 도와서 돌가루 마을과 채석장을 문제없이 관리토록 할 것입니다. 기대하셔도 좋을 겁니다."

익스는 데이카를 잘 부탁한다고 말하고 싶었지만 고민 끝에 입 밖으로 꺼내지 않았다.

자고로 남녀 사이에 어설프게 끼어들었다가는 양쪽에게 욕 먹을 확률이 90% 이상이었다.

이런 것은 알아도 모른 척, 몰라도 모른 척 하는 것이 최선이다.

"그렇다고 너무 무리할 필요 없어. 요새에 도착하자마자 자넬 대신해 임시 관리관을 지원할 자를 보낼 테니까."

"폐하의 대역을 하고 있다는 자를 말씀하시는 겁니까?"

"맞네. 쓸 만한 녀석이지."

"무척 궁금합니다. 어떤 자이기에 폐하께서 대역으로 내세우셨을지 말입니다."

"뭐라 설명하기 어렵군. 직접 확인해 보고 판단하게."

"그 사람이 내려오면 저는 폭포산 요새로 갈 수 있는 겁니까?"

"어지간히도 가고 싶은 모양이군."

"에쉬라는 분을 빨리 만나 보고 싶습니다."

"마법 공학 연구는 시간을 두고 천천히 진행시켜 나갈 일이야. 서두른다고 되는 일이 아니지."

"연구는 어렵겠지만 의견은 교환할 수 있지 않겠습니까. 그리고 폐하께 물어보고 싶은 것이 있었습니다. 마법으로 회전력을 일으켜 다양한 곳에 활용할 수 있다고……."

익스는 공간 이동이 이루어질 때까지 셀리나에게 붙잡혀 있어야 했다.

셀리나는 마법 공학이라는 새로운 학문에 완전히 매료되어 있었다.

그녀의 눈빛은 에쉬의 그것과 다를 바가 없었다.

익스가 셀리나에게서 벗어날 수 있게 된 건 공간 이동 준비가 모두 완료되고 나서였다.

익스는 셀리나에게서 눈을 떼지 못하는 데이카를 보고 혀를 찼다.

'저 정도면 중증인데.'

아무래도 얼마 지나지 않아 셀리나가 데이카의 마음을 눈치챌 것 같았다.

저토록 뜨거운 눈빛을 보낸다면 아무리 둔한 사람이라도 알아차릴 수밖에 없으니까.

'어쩌면 다들 벌써 눈치챈…….'

익스는 한숨과 함께 고개를 흔들었다.

'모르겠군.'

하이오크들이 인간들의 연애사에 관심을 가지는 것은 이상한 일이었다.

센드는 스승인 사나운도끼 옆에서 찰싹 달라붙어 이야기를 듣고 있었고, 마티엔은 공간 이동 마법진을 발동시키기 위해 몰두하고 있다.

셀리나도 옆에 있는 데이카가 아니라 공간 이동 마법진을 사랑스럽게 바라보고 있었다.

데이카의 행동이나 눈빛은 애초 그들에겐 관심의 대상이 아니었다.

'가만 보면 셀리나도 다를 것이 없단 말이지.'

머릿속에 오로지 마법밖에 없는 여자가 이성에 대한 관심이 있을지 의문이다.

그녀의 눈을 하트로 변하게 만드는 것은 오직 마법에 관한 것들뿐이었다.

익스는 데이카가 더욱 안쓰러워졌다.

"폐하, 시간이 되었습니다."

여전히 셀리나에게서 눈을 떼지 못하는 데이카를 바라보던 익스가 착잡한 표정으로 말했다.

"가지. 그쪽에서도 기다리고 있을 테니까."

익스를 선두로 하이오크 호위대, 센드, 마티엔이 마법진에 올라섰다.

"이동하겠습니다. 도착하면 어지럽고 속이 매스꺼울 수도 있습니다. 자연스러운 현상이니, 조금만 참으면 정상으로 돌아올 것입니다."

마티엔의 말이 끝남과 동시에 공간 이동 마법진을 따라 푸른 빛이 솟구쳤다.

잠시 후 푸른 빛은 더욱 강렬해졌고, 순식간에 익스 일행을 집어삼켰다.

유벤의 사정

　기네스는 마차 한 대와 짐수레 두 대를 연결해 반달 모양을 만들어 남쪽에 배치했다.

　남쪽에서 북쪽으로 몰아치는 찬 바람을 막기 위함이었다.

　기네스 일행은 마차와 수레를 등지고 털가죽으로 만든 천막을 설치한 후에 모닥불을 피웠다.

　털가죽 천막과 모닥불로 한기를 쫓은 일행은 고기가 들어간 수프로 식사를 마치고서 잠자리에 들었다.

　"잠들었나?"

　기네스의 물음에 쌍둥이는 말없이 고개를 끄덕였다.

　막시가 유벤이 들어간 천막을 바라보며 기네스에게 물었다.

"괜찮을까요?"

"내가 알아서 할 테니까 신경 쓰지 말고 자기나 해."

그러자 막시와 헤레로는 한마디씩 남기고 털가죽으로 채워진 천막 안으로 들어갔다.

"알겠습니다."

"별일 없었으면 좋겠네."

혼자 남은 기네스는 한쪽에 쌓아 둔 장작을 모닥불 안으로 던졌다.

탁탁.

마른 장작에 불이 붙으면서 '탁탁' 소리를 일으켰다.

마른 장작이 더해지자 불길이 치솟았고, 후끈한 열기가 주변으로 퍼져 나갔다.

추위가 조금이나마 가시는 것 같았다.

'그냥 멱살 잡고 마차에 집어 던졌어야 하나?'

원래대로라면 이런 야외가 아닌 온기 가득한 여관에서 잠을 청하고 있어야 했다.

기네스 일행이 야외에서 잠을 청하는 이유는 바로 유벤 때문이었다.

한시라도 빨리 페세크 가문에서 벗어나야 한다면서 내달린 덕분이다.

이 추운 지방에서 섣불리 야영을 했다가는 얼어 죽기 십상인지라 한사코 말렸지만 유벤의 고집은 상상을 초월했다.

유벤을 데리고 코렌스까지 가는 것이 어려울 것이라고는 생각했지만 그게 첫날부터 시작될 줄이야.

유벤의 고집은 야영이 결정되고 나서도 이어졌다.

모닥불을 유지하기 위한 불침번을 정하려고 할 때, 자신도 할 것이라 주장한 것이다.

기네스는 쌍둥이와 함께 셋이서 돌아가며 할 생각이었지만 유벤은 무조건 자신도 넣으라고 명령을 내렸다.

자신의 뜻에 따라 강행군을 해서 야영을 하는 만큼, 불침번을 빠질 수 없다는 뜻이었다.

책임감을 가지는 것은 좋은 일이지만 과하면 독이 되는 법이다.

"그냥 내가 할까?"

기네스는 모닥불을 바라보며 고민에 빠졌다.

"하긴 뭘 해."

유벤이 온몸에 털가죽을 두르고 천막 밖으로 걸어 나왔다.

모닥불 앞에 앉은 유벤은 헝클어진 금발 머리를 두 손으로 가지런히 정리했다.

"날 안 깨울 속셈이었나?"

"속셈은 무슨 속셈입니까. 도련님께서 불침번을 선다는 것이 진심인지 아닌지 헷갈려 고민하고 있었을 뿐입니다."

유벤은 불쾌함을 담아 기네스를 바라보고 혀를 찼다.

"귀족 같지도 않은 귀족들이 많기는 하지. 무슨 말인지 알겠지만 나까지 도매금으로 취급하지 말아 줬으면 좋겠어."

"정말 불침번을 하겠다는 겁니까?"

"할 거야. 하려고 이렇게 알아서 일어났잖아. 내가 나이가 어려서 못할 것 같아?"

강행군을 거친 탓에 피곤함이 만만치 않았을 것인데, 스스로 시간을 맞춰 일어났다면 의지 하나만큼은 인정할 수밖에 없었다.

고집만큼이나 책임감도 있어 보였다.

기네스는 더 이상 의심하지 않았다.

"불침번은 처음이시겠지요?"

"당연히 처음이지. 난 이런 맨바닥에서 자 보는 것도 처음이야."

"불침번이 처음이라면 저도 같이하겠습니다. 초보자에게 마냥 맡겨 둘 순 없으니까요."

유벤이 눈을 찌푸리자 기네스가 곧바로 말을 이었다.

"나이가 어리다고 무시하는 것이 아닙니다. 불을 피우는 법을 배워 본 적이 있습니까? 장작을 놓는 법은요? 그리고 야생동물이 나타나면 대처법은 알고 계신지요?"

"대충은 알고 있지만 내가 초보자이긴 하지. 알겠으니까 어서 빨리 알려 주기나 해."

기네스는 유벤에게 불을 피우는 법과 장작을 놓는 법을 자세히 설명했다.

어려운 일이 아니었기에 유벤은 금세 터득했다.

"장작이 많다고 무조건 불이 붙는 것이 아니었군. 이렇게 바람을 통하게 만들어야 불길이 세지는 거였네. 이제 알겠어. 주방에서 불을 피우는 하인들이 왜 불을 쑤시나 했더니, 바람 구멍을 만드는 것이었구나."

"그것과 비슷한 원리입니다."

기네스는 야영지 주변에 방울을 달아 놓았기에 누군가 다가오면 방울 소리가 들릴 것이라 알려 주었다.

그리고 뭔가 이상하다 싶으면 저주 말고 종을 울리라고 알려 주었다.

기네스의 가르침이 끝나자 유벤이 물었다.

"이제 잘 건가?"

"혼자 있기 심심하십니까?"

"심심은 무슨, 그냥 묻고 싶은 것이 있을 뿐이야. 피곤하다면 다음에 이야기하지."

"아닙니다. 저도 도련님께 궁금한 점이 있었습니다. 딱히 피곤하지도 않고요."

"잘됐네. 서로 물어보고 대답해 주면 되겠어. 먼저 물어봐."

기네스는 거절하지 않았다.

"제가 도련님을 찾아왔다는 것을 어찌 알고 계셨던 겁니까?"

"물어본다는 것이 겨우 그거였어?"

"도련님에게는 '겨우'일지 모르겠지만 저로선 대단히 의문스러운 일이었습니다."

유벤이 기네스를 실망스럽게 바라보았다.

"이렇게 되면 너에 대한 평가를 낮출 수밖에 없겠는걸."

"저를 높게 보든 낮게 보든 상관없습니다. 빨리 알려 주시죠."

유벤이 답답한지 주먹으로 가슴을 두드렸다.

"영지 안에 들어오자마자 페세크 가문의 막내아들이 어떤 인간이냐 물어보고 다닌 것이 너희들이잖아. 그렇게 꼬치꼬치 캐묻고 다녔으면서 어떻게 알았냐고 물어보면 내가 뭐라고 해야겠어?"

영주 성 인근도 아니고 페세크 가문 영지 외곽 지역에서 정보 수집을 한 적이 있긴 했다.

기네스는 깜짝 놀라 물었다.

"그게 알려졌단 말입니까?"

"영지 외곽이라고 무시하네. 이런 촌 동네에서는 생각하는 것보다 오히려 소문이 빨리 퍼지는 법이야. 낯선 이가 찾아와서 영주의 막내아들에 대해서 물으면 누구든 의심할 수밖에 없지. 가신들이 바보 천치가 아닌 이상 조사를 할 것이고, 당연히 영주 성으로 보고가 올라오게 되어 있어."

정보 수집을 했던 내용이 영주 성으로 보고되었다면 어째서 페세크 가문의 주인은 유벤을 찾아왔다는 것을 알지 못했단 말인가.

"남작님도 모르는 것을 어찌 도련님이 알 수 있었던 겁니까?"

"답답해 죽겠다, 정말. 보름이나 머물렀으면 눈치를 챘어야지. 그 빌어먹을 페세크 가문이 어떻게 돌아가는지 봤을 거 아니야."

기네스는 영주 성에 있던 가신들이 유달리 유벤의 명령에 잘 따랐던 것을 떠올릴 수 있었다.

기억을 더듬어 보니 가신들뿐만이 아니었다.

하인과 하녀, 집사까지도 유벤의 명령을 받아 움직였다.

"확실히 이상해 보이긴 했습니다. 가신들이 지나칠 정도로 도련님을 따랐던 것 같긴 하군요. 영주님의 막내아들이 아니라 마치……."

"그래. 내가 사실상 페세크 가문을 이끌고 있었던 거지. 아버지에게 맡겨 두었다가는 순식간에 가문을 말아먹을 테니까. 내가 몇 번을 말했잖아, 아버지는 멍청한 작자라고. 실제로 4년 전엔 가문을 파산 직전까지 몰아갔었어. 젠장! 내가 그걸 무마시키고 영지를 정상으로 되돌려 놓을 동안 고생한 걸 생각하면 아직도 이가 갈려."

"그런 일이 있었군요."

"그것뿐만이 아니야. 자네들이 찾아왔을 적에 아버지가 아니라 내가 먼저 자넬 만나러 왔지. 그게 우연일 것이라 생각해?”

유벤은 기네스의 답변을 기다리지 않았고 계속 말을 이어 갔다.

“자네들은 재상이자 사군 사령관을 앞세워 영주 성을 방문 했지. 그렇다면 당연히 영지를 다스리는 자가 가장 먼저 연락 을 받게 될 거야. 그 가장 먼저 연락을 받은 자가 접객실에서 자네를 맞이했을 것이고. 가장 먼저 들어온 자가 누구지?”

“도련님이었습니다.”

“맞아. 바로 나야. 내가 페세크 가문의 막내아들이라 할지 라도 재상이자 사군 사령관의 이름을 앞세워 나타난 자가 있 는 곳을 쳐들어갈 수가 있을까?”

기네스는 고개를 저었다.

“잘 아네. 그래, 맞아. 어림도 없는 일이지. 막내아들이 아 무리 막무가내라 할지라도 손님이 손님인지라 가신들이 막아 설 테지.”

지금까지 미처 생각지 못한 일이었다.

기네스는 그저 건방지고 안하무인인 어린아이라고만 생각 했을 뿐이었다.

“그리고 우리가 떠날 때를 떠올려 봐라. 내가 떠난다고 하 니까 다들 나와 있었잖아. 나온 것들 중에서 슬퍼했던 자들이 누구였지?”

“기사들과 병사들이었습니다. 집사도 걱정스러운 얼굴이었던 것 같습니다."

"기뻐했던 자들은?"

"남작님과, 도련님의 형제들이었던 것 같군요."

"가신들이 내가 먼 길을 떠난다고 걱정을 했을 것 같아? 아니야. 그들이 걱정한 것은 아버지가 가문을 이끌어 가면 또다시 망할 것 같아서 그런 거지. 내가 떠나면 아버지를 제어할 사람이 없거든. 내 장담하는데 짧으면 1년, 길어 봐야 2년 안에 가문을 거덜 낼 거야."

"하지만 도련님과 이야기를 나누고 나선 다들 얼굴이 풀어졌습니다."

"가문이 망할 것 같으면 도망쳐서 나를 찾아오라고 말했거든. 그것도 어려울 것 같으면 옆에 있는 이웃 귀족에게 페세크 가문을 넘기라고 충고한 덕분이지."

"배신하라고 했단 말입니까?"

"그 빌어먹을 가문은 세상에서 없어지는 것이 이로운 일이야."

"아무리 그래도……."

"아무리는 무슨, 내 아버지란 작자가 어떤 사람인지 몰라서 하는 소리지. 아버지란 작자는 말이지, 바람을 피우려고 어머니를 죽음으로 몰아넣었어. 그것도 모자라서 이젠 나까지 죽이려고 하는 거지. 형제들도 마찬가지야. 내가 눈엣가시 같은 존재라서 어떻게든 없애 버리고 싶어 해."

무시무시하고 가슴 아픈 이야기를 아무렇지 않게 내뱉는 유벤을 보고서 기네스는 할 말을 잃었다.

　"……."

　유벤은 기네스의 반응 따윈 관심 없다는 듯이 계속 말을 이어 갔다.

　"내가 떠난다고 하자 보통의 부모들과는 달리 내 아버지는 쌍수를 들고 환영했어. 왠지 알아? 내가 없어지면 가신들을 다시 휘어잡을 수 있어서야. 그렇게 되면 영지의 재산을 마음껏 사용할 수 있으니까."

　기네스는 눈을 찌푸릴 수밖에 없었다.

　"도련님의 말씀을 들어 보면 제가 괜히 찾아온 것 같습니다."

　"아니, 절대 그렇지 않아. 난 도리어 자네가 찾아온 것을 고맙게 여기고 있어."

　"무슨 말씀인지?"

　"자네가 날 찾아오지 않았다면 내 손으로 아버지와 형제들을 죽일 수밖에 없었거든."

　기네스는 헛바람을 집어삼켰다.

　"헙!"

　"뭘 그렇게 놀라. 내가 말했잖아. 페세크 가문은 이미 내 손안에 있었어. 가신들도 알고 있거든. 멍청한 아버지나 한심한 형제들에게 붙어 봐야 미래가 없단 것을 말이야. 내가 어리긴 해도 똑똑하니까. 그래서 아버지와 형제들이 나를 죽이려 한다는 것을 알려 왔지."

유벤이 기네스와 눈을 마주치고서 싱긋 미소를 짓는다.

"내 아버지라는 작자가 참 재미난 인간이지? 바람을 피우려고 아내를 죽인 것도 모자라 아들이 방해된다고 죽일 계획을 세웠지. 거기에 동조하고 있는 것이 내 형이고 누나라는 작자들이야. 내가 이런 인간들을 살려 둘 필요가 없잖아. 더러워서 당해 줄까도 싶었는데, 저런 머저리 같은 것들에게 당하는 것은 너무 억울하더라고. 그래서 내가 먼저 공격하려고 준비하고 있었지."

이야기를 들을수록 기네스는 가슴이 아팠다.

유벤은 차가운 눈빛으로 입가에 비웃음을 그리며 말하고 있었지만 그것이 더욱 가슴을 아프게 만들었다.

"아까 4년 전에 파산 직전까지 갔다고 하셨는데, 도대체 몇 살 때부터 영지를 다스린 겁니까?"

"다섯 살."

"올해 아홉 살이란 말입니까?"

"맞아."

아홉 살 아이가 겪기에는 너무 잔혹한 현실이 아닌가.

기네스는 어떤 말을 꺼내야 할지 몰라 눈만 깜빡였다.

얘가 웬들이라고?

"너 뭐냐? 눈빛이 이상하다."

기네스는 헛기침을 내뱉었다.

"크흠, 이상하긴 뭐가 이상하단 겁니까."

유벤은 미간을 잔뜩 찌푸리며 기네스를 노려보았다.

"이 자식 보게. 목소리 가라앉았네. 너 설마 날 동정하는 거냐?"

기네스는 입을 앙다물고 고개를 흔들었지만 유벤을 속일 순 없었다.

"환장하겠다. 이것도 4년 만이라 황당하네."

"황당할 건 또 뭡니까? 어린 나이에 그런 일을 겪었다고 하면 누구나 안타까워합니다."

"가신들이 이걸 봤다면 너를 이상한 눈으로 봤을 거다."

기네스는 유벤을 속일 수 없다는 것을 알고 솔직하게 이야기하기로 마음먹었다.

"그렇게 숨기실 필요 없습니다. 이젠 페세크 가문을 벗어나지 않았습니까. 솔직하게 슬프면 슬프다, 아프면 아프다고 하십시오. 울고 싶으면 우시고요. 우는 게 죄입니까. 그 나이엔 길바닥에서 넘어진 것만으로도 울 수 있는 특권이 있는 법입니다."

유벤이 손을 내저었다.

"그만, 그딴 영양가 없는 소린 듣고 싶지 않아. 이젠 내가 묻지. 날 찾는 게 황제야, 재상이야?"

유령을 본 것처럼 놀라는 기네스를 보고 유벤이 소리쳤다.

"너! 이번에도 어떻게 알았냐고 묻지 마라. 그거 설명해 주는 것도 귀찮아. 정 궁금하면 스스로 생각해 봐. 머리를 달고 다니면 쓸 줄도 알아야 할 것 아니야."

순간 기네스에게 황제와 유벤의 모습이 겹쳐 보였다.

머리가 복잡한 탓에 정확한 이유는 모르겠지만, 어딘지 모르게 둘은 닮았다.

익스는 강렬한 푸른 빛을 이기지 못하고 눈을 감았다.

있는 힘껏 눈을 감았지만 조금씩 스며드는 푸른 빛을 완전히 막아 낼 순 없었다.

눈을 찌르는 푸른 빛을 차단하기 위해 손을 쓰려 할 때였다.

눈을 괴롭히던 푸른 빛이 점점 힘을 잃어 가는 것이 느껴졌다.

3~5초 정도로 흐르자 푸른 빛은 완전히 사라졌고 여러 개의 거친 숨소리가 익스의 귓가를 때렸다.

익스가 슬며시 눈을 떴다.

가장 먼저 확인한 것은 바닥에 쓰러진 낯선 사내들이었다.

4명은 기절한 상태였고 6명은 장거리달리기를 한 것처럼 온몸을 땀으로 적시고 바닥에 주저앉아 있었다.

"폐하, 소신은 저들을 보살펴야 할 것 같습니다."

마티엔은 익스의 대답이 없었음에도 바닥에 쓰러진 10명의 사내에게 다가갔다.

'셀리나와 함께 온 마법사들이군.'

공간 이동 마법진을 발동하기가 쉽지 않음을 저들이 확실히 보여 주고 있었다.

저들을 보니 앞으로 공간 이동을 하자는 말은 할 수 없을 것 같았다.

그만큼 마법사들의 상태는 심각해 보였다.

마티엔이 익스의 허락도 없이 움직일 만한 상황이었다.

"상태가 좋지 않아 보이는군. 자칫 잘못하면 목숨을 부지하기 힘들겠어."

사나운도끼의 말에 익스는 입맛이 썼다.

익스는 마법사들에게 고마움을 전달하고 싶었으나 지금은 그럴 만한 상황이 아니었다.

이럴 땐 한시라도 빨리 자리를 피해 주는 것이 좋았다.

"마티엔이 치료에 집중할 수 있도록 자리를 피해 주는 것이 좋겠군요."

익스는 하이오크 호위대와 함께 공간 이동 마법진이 그려진 방을 빠져나왔다.

"폐하!"

문을 열고 밖으로 나오자마자 알베스의 우렁찬 목소리가 반갑게 맞아 주었다.

모락은 5년 만에 만난 아버지 케릴과 장인 몬크 앞에 당당히 설 수 있어 뿌듯했다.

만약 코렌스로 넘어오지 않고 고향으로 돌아갔다면 아버지와 장인의 눈치를 꽤 살펴야 했을 것이다.

그런 의미에서 코렌스로서의 이주를 제안한 셸비가 고마웠다.

친구 덕분에 무려 황제를 모시고 있지 않던가.

황제를 모시고 있음은 물론이고 하늘 길 요새의 대장이라면 어깨를 펴도 무방했다.

실제로 아버지와 장인은 모락과 만나자마자 장하다며 어깨를 두드려 주었다.

현재 모락은 아버지 케릴과 함께하고 있었다.

장인 몬크는 제자들을 보살펴야 한다며 자리를 비운 상태다.

먼 길을 오는 동안 수련을 제대로 못 한 것이 마음에 걸린 것 같았다.

"폐하께서 바쁘신 모양이구나."

모락은 황제가 대역을 세운 상태란 걸 밝힐 수가 없었기에 '아주 바쁘시다.'라는 말로 넘어갔다.

황제에 관한 이야기가 이어질수록 실수할 가능성이 있었기에 모락은 재빨리 말을 돌렸다.

"사고 없이 도착하셔서 다행입니다."

케릴이 동의한다는 듯이 고개를 끄덕이며 말했다.

"중부와 서부에 소란이 있어 걱정이 이만저만이 아니었는데, 탈 없이 도착한 것을 보면 운이 좋았다고 봐야겠지."

모락은 재빨리 받아쳤다.

"데로트 가문에서 대군을 동원한 탓일 겁니다. 사방에서 병력을 이끌고 움직이는 상황에서 어떤 도적이 함부로 움직일 수 있겠습니까. 그런데 토벌군에 참여하겠다고 나선 귀족들이 말썽을 일으키진 않았는지요?"

"몇 번 마주치긴 했었지. 그런데 우린 안중에도 두지 않고 열심히 북쪽으로 올라가더구나. 반란군 토벌에 참여해 데로트 가문의 눈에 들 속셈일 테지. 중부 지역 귀족들도 다를 것이 없고."

"때를 잘 맞춘 것 같습니다."

"그러게 말이다. 그만큼 코렌스가 우리를 반긴다는 뜻도 되겠지."

"평온하게 오신 것 같아서 다행이네요."

"거리가 있는지라 피곤하긴 했지만 좋긴 했지. 구경거리도 많았고 말이야. 아이들도 무척 좋아했고. 아!"

케릴이 손뼉을 치며 말을 이었다.

"그걸 잊고 있었군."

"무슨 일이 있었습니까?"

"아네스 인근에서 이상한 소문이 돌고 있다."

"이상한 소문이라니요?"

케릴이 신중하게 말했다.

"정확히 어디라고 알려지진 않았지만 산속에 있는 마을 몇 개가 파괴되었다는 소문이야. 마을 사람들이 눈 뜨고 볼 수 없을 만큼 잔인하게 몰살당했다는 것인데, 확실치는 않아."

"안타까운 일이군요."

"사실이 아니길 빌어야지."

"그래도 한번 알아보도록 하겠습니다. 헛소문이면 좋겠지만 사실이라면 조사를 해 봐야 할 것 같습니다."

"조사가 가능한 건가?"

"폐하께서 코렌스에 계시긴 하지만 그 정도 일은 얼마든지 가능합니다. 재상에게 명령하면 조사가 이루어질 것입니다."

"그렇다면 안심이구나."

케릴의 굳어진 얼굴이 풀어질 적에 모락의 장인 몬크가 문을 열고 들어왔다.

"뭐가 안심인가?"

모락은 재빨리 아버지와 나누었던 대화 내용을 간략하게 설명해 주었다.

흡족한 표정을 짓던 몬크가 모락에게 물었다.

"그런데 말이야, 티나는 왜 요새를 내려간 건가?"

"맞아. 나도 그걸 묻고 싶었어. 요새 관리관이라면 요새에 있어야 할 것인데 어째서 다른 곳에 있는 거지?"

모락은 말문이 막혔다.

티나가 내려간 이유를 설명하자면 흑마법사에 대한 이야기를 꺼내야 한다.

흑마법사에 대해 알려도 되는지 판단이 서질 않아 머뭇거릴 수밖에 없었다.

"자네 표정이 이상하군. 설마 궁부에서 여인을 관리관으로 삼았다고 지적한 것인가?”

모락은 걱정하는 몬크에게 손을 내저었다.

“아닙니다. 그런 일은 없었습니다.”

“그러면 말을 해 보게.”

케릴도 아들을 재촉했다.

“그래, 어서 말을 해 봐라.”

모락이 이러지도 저러지도 못하고 안절부절못할 때였다.

황제가 모락 가족을 찾는다는 소식이 전해졌다.

‘살았다!’

익스는 요새에 도착하자마자 가장 먼저 하이오크 호위대
에 휴식을 주었다.

근위병들이 저택을 지키고 있는 만큼 하이오크까지 합류할
필요가 없었던 탓이다.

익스는 알베스에게 하이오크 호위대를 위한 숙소를 마련토
록 했다. 또한 황제 호위 임무를 근위병과 하이오크 호위대가
번갈아 가면서 하도록 했다.

근위병들에게도 휴식을 주기 위함이었다.

하이오크 호위대를 알베스에게 맡기고 익스는 집무실로 로
만을 불러들였다.

집무실 안으로 들어서는 로만을 확인한 익스는 혀를 찰 수밖에 없었다.

황제 대역을 하면서 나름 잘 먹었을 것이다. 그런데 어찌 처음 만났을 때와 다를 바가 없이 삐쩍 말라 있단 말인가.

"살 좀 붙었을 것으로 생각했는데, 도대체 뭘 했기에 그 모양이야?"

로만은 이렇다 할 대답을 하지 못하고 고개만 숙이고 있었다.

"왜 말이 없나?"

"송구하옵니다."

"황제로 살아간다는 것은 누구나 꿈꾸는 일일 것인데, 모처럼 기회가 찾아왔으면 마음껏 누렸어야지."

로만은 가슴속에서 뜨거운 무엇인가가 솟구쳐 올랐지만 있는 힘껏 눌렀다.

그라고 하고 싶은 말이 왜 없겠나.

마음 같아선 목이 쉴 때까지 하소연을 마구 쏟아 낼 수 있었지만 이는 어디까지나 마음일 뿐이었다.

로만은 황제 앞에서 하소연을 내뱉을 만한 용기를 가지지 못했다.

"말이 없는 것을 보니 많이 힘들었던 모양이군."

로만은 고개가 위아래로 움직이려 하는 것을 어렵사리 막아 내고서 조심스럽게 말을 꺼냈다.

"최선을 다했으나 부족한 것이 많아 그저 송구스러울 뿐이옵니다."

"계속 물어봤다간 자네가 마음속에 담아 둔 말을 꺼낼 것 같군. 들어 보고 싶긴 하지만 그랬다간 자네가 제명에 죽지 못할 테지. 여하튼 고생 많았네. 짐이 올 때까지 대역을 성공적으로 해냈으니, 짐도 약속을 지켜야겠지."

"황은이 망극하옵니다."

"짐의 신하가 되겠느냐?"

로만은 바닥에 납작 엎드렸다.

"미천한 소인을 써 주신다면 그저 감사할 따름입니다. 죽을 힘을 다해 폐하를 보필토록 하겠습니다."

알베스를 통해 로만이 제법 쓸 만하다는 이야기를 들은 터였다.

'C급은 되려나?'

익스가 로만의 능력을 시스템처럼 가늠해 볼 때였다.

─끊임없이 노력하는 내정가 웬들을 포섭하였습니다.

─새로운 스토리를 창출하였습니다.

─S포인트 200 획득.

익스는 자신의 눈을 의심했다.

신하로 받아들인 것은 로만이건만 시스템은 웬들을 언급하는 것은 무슨 조화란 말인가.

'왜 웬들이 나오는 거지?'

웬들은 익스가 이름만 들어도 알 수 있을 만큼 포킹덤에서 유명했다.

그가 유명한 이유는, 능력도 능력이지만 늘그막에 출사해 아주 짧은 시간 활동했기 때문이다.

짧다는 시간은 얼마만큼일까?

웬들은 예순하나에 등용되어 2년간 활동하다가 노환으로 사망한다.

이렇게 말하면 겨우 2년 만에 무슨 일을 했겠냐 싶을 것이다. 그러나 그의 업적을 하나씩 나열하기 시작하면 비아냥거림이나 의심은 쏙 들어간다.

웬들은 2년 동안 동부 지역의 소국에 불과했던 베스 왕국을 지역에서 패권을 다툴 정도로 발전시켰다.

왕국이 무너지던 그날, 사람들은 말했다.

웬들 재상이 1년만 더 살았더라도 동부 지역의 패권을 장악한 것은 자신들이었을 것이라고.

익스는 자신의 눈치를 보고 있는 로만을 바라보았다.

'쟤가 정말 그 웬들이라고?'

믿기 어려웠지만 일단 시스템은 로만을 웬들이라 말하고 있었다.

시스템이 허튼 메시지를 보낼 리는 없었다.

익스는 자연스럽게 로만의 이름을 확인하고자 꾀를 냈다.

"짐이 생각해 봤는데, 로만이라는 이름을 계속 사용하면 자꾸 산적이 떠오를 것 같단 말이지. 이참에 이름을 바꾸는 것이 좋겠다. 새롭게 태어난다는 의미로 말이야."

"소인의 본래 이름은 웬들입니다. 앞으로 웬들이라 불러 주십시오."

확인이 끝났다.

웬들이라면 거의 설리반과 동급이거나 어쩌면 멕신과 비견될 인재였다.

의도치 않게 설리반 또는 멕신과 같은 뛰어난 내정가를 얻긴 했지만 마냥 기쁜 것만은 아니었다.

지금의 로만은, 아니 웬들은 A급이라 보기도 어려웠으니까.

익스가 웬들을 멕신과 동급에 놓은 것은 그가 활동하던 예순한 살을 기준으로 삼은 것이다.

그때는 확실히 멕신과 비견될 만하다.

그러나 지금은 어떨까?

멕신은 물론이고, 설리반과 비교하기에도 무리가 있었다.

'일단 계획대로 써야겠네.'

치명적인 실수

레막의 첫 제자인 오뎀은 자리를 비운 스승을 떠올렸다.

'이유가 뭐지?'

하늘산맥이 눈앞에 들어왔다.

눈에 잡혔다고 지척에 있는 것은 아니었다.

인근 마을을 찾아다니며 알아본 바에 따르면 말을 타고 닷새는 달려야 한다.

'도통 출발할 생각이 없으시니.'

오뎀으로서는 답답할 따름이었다.

필요한 정보는 이미 얻을 만큼 얻었다.

더는 인근 마을이나 도시를 찾아다니면서 코렌스에 대한 정보를 수집할 필요가 없었다.

"사형."

오뎀은 자신 곁으로 다가온 둘째를 확인하고선 표정이 굳었다.

무엇인가를 걱정하는 눈빛이었다.

"실험체는 어쩌고?"

"봉인된 상태이고 사제들이 지키고 있습니다."

오뎀이 눈살을 찌푸렸다.

"멀지 않은 곳에 마을이 있다. 자칫 잘못해서 실험체가 그곳으로 갔다가는 계획에 차질이 생긴다. 어서 가서 자리를 지켜라."

둘째는 오뎀이 우려를 씻어 낼 수 있도록 자신 있게 답했다.

"사제들도 제법 실력이 늘었습니다. 스승님의 말씀대로 실전만큼 좋은 훈련은 없는 것 같습니다. 예전처럼 봉인된 상태에서 깨어나는 일은 없어졌습니다. 깨어난 상태에서도 정신 고리가 흔들리지 않습니다."

확신에 찬 둘째의 의견에 찌푸린 오뎀의 눈살이 풀어졌다. 그러나 굳은 얼굴은 여전했다.

"실험체의 능력을 봉인시켜 제어한 것이 제법 도움이 된 모양이군."

"그때를 생각하면 아직도 섬뜩하지만 정신 고리가 이전과 비교할 수 없을 정도로 튼튼해진 것이 느껴집니다."

서부 지역에 들어서기 전에 마지막으로 있었던 실험에서 실험체가 피의 광기에 빠져 폭주했다.

실험체의 광기가 정신 고리를 형성하고 있는 레막의 제자들에게 영향을 미친 것이다.

흑마법사는 정신 고리를 통해 키메라를 통제한다.

정신 고리라는 이름에서 대충 짐작이 가능할 것이다.

흑마법사와 키메라의 정신이 연결됨을 의미한다.

보통은 흑마법사가 키메라를 완벽하게 통제하지만 가끔 반대가 되는 경우가 있다.

흑마법사가 키메라에게 정신 고리의 주도권을 내주게 되면 자아를 가진 키메라가 탄생한다.

극히 드문 경우이긴 하지만 그런 일이 일어나기도 했다.

레막의 제자들은 시톰스 인근 산속 마을에서 그와 같은 불상사 직전까지 갔었다.

레막과 오뎀이 제때 도착하지 않았다면 꼼짝없이 실험체에게 정신 고리를 내주어야 했을 것이다.

극한의 상황까지 몰린 덕분이었을까.

레막과 오뎀의 도움으로 목숨을 건진 제자들은 실험체 제어에 최선을 다했고, 만족할 만한 성과를 얻을 수 있었다.

오뎀을 제외한 5명의 제자가 힘을 합쳐 실험체를 거의 완벽하게 통제할 수 있게 된 것이다.

"광기에서는?"

둘째가 머뭇거리다가 헛기침을 내뱉었다.

오템은 혀를 차긴 했으나 나무라진 않았다.

"실험체에서 벗어나 여기까지 온 이유가 뭐냐?"

"언제 출발할지 궁금해서요. 이렇게 대기한 지도 사흘째 아닙니까."

오템은 작게 신음을 내뱉었다.

그도 둘째와 같은 심정이었기 때문이다.

"황제가 하늘산맥에 있는 하늘 길 요새에 있다고 하지 않습니까. 이렇게 좋은 기회를 놓쳐서는 안 될 것 같은데요."

반란군 토벌에 나선 데로트 가문에 보내는 황제의 지지가 상당하다고 한다.

황제는 반란군 토벌에 대한 의지가 확고한 듯했다.

토벌군이 요청한다면 군량을 지원할 것이며, 필요하다면 병력 지원까지 나설 것이라 밝힌 것이다.

그리고 언제든 움직일 수 있도록 토벌이 끝날 때까지 코렌스의 입구라고 할 수 있는 하늘 길 요새에 대기하고 있겠다고 했다.

황제의 뜻은 빠르게 서부 지역 전체로 퍼져 나갔다.

당연하게도 반란군 토벌에 나선 재상이자 사군 사령관 도린은 크게 반겼다.

황제가 자신에게 힘을 실어 준다는 것을 깨달은 것이다.

토벌군에 참여한 귀족들의 사기가 높아지는 것 또한 너무

나도 당연한 일이었다.

"나도 같은 생각이다."

"스승님께서는 뭐라 하십니까?"

오뎀이 눈으로 동굴을 가리켰다.

"저기서 나오질 않으신다."

"사흘 내내요?"

오뎀이 고개를 끄덕이자 둘째의 눈에 의문이 가득 차올랐다.

"스승님께서는 황제가 요새에 있다는 것을 모르시는 겁니까?"

"말씀드렸다."

"왜 그러시는지 물어보셨습니까?"

"물어볼 상황이 아니어서 묻지 못했다."

"스승님께서도 생각이 있으시겠지만 물어보는 것이 좋지 않겠습니까. 마냥 기다리는 것보단 이유를 알고서 스승님에게 조금이라도 도움이 되어야 하지 않겠습니까."

오뎀은 둘째의 의견이 일리가 있다고 여기고 곧바로 레막을 찾아갔다.

동굴 안에 있는 레막을 찾아간 오뎀은 망설임 없이 움직이지 않는 이유에 대해 물었다.

레막은 별다른 표정 변화 없이 입을 열었다.

"황제에 대한 소문을 듣지 못했느냐?"

"하늘 길 요새에 있다는 소문은 제자가 보고해 드린 것입니다."

"그걸 말하는 것이 아니다. 황제 곁에 있는 자가 누구인지도 들어 봤을 것이 아니냐."

오뎀이 망설이지 않고 답했다.

"데일 대공과 세실리아 공작을 말씀하시는 겁니까?"

"잘 알고 있구나. 그들이 누구인지 잊은 것은 아니겠지?"

"데일 대공은 뛰어난 기사이고, 세실리아 공……."

세실리아 공작을 언급하려고 할 때 떠오르는 것이 있었다.

"예지력이군요."

"그래. 세실리아 그년 때문에 매번 황제를 놓쳤지."

"공작의 예지력은 어찌할 방법이 없는 것이 아닙니까. 막는다고 막을 수 있는 것이 아닐 테고요."

"막을 순 없지만 혼란을 줄 수는 있지."

"혼란이라니요?"

"조만간 저주 서클에서 사람이 올 것이다."

오뎀은 레막이 저주를 통해 예지력을 흩트리려 한다는 것을 알아차렸다.

"아!"

"눈치챈 모양이구나. 알아들었으면 애들이나 잘 챙겨라."

오뎀은 고양이 눈동자 길드에서 이번 일을 철저히 준비했음을 새삼 깨달았다.

그러나 이 철저함이, 세실리아 공작을 의식했던 것이 치명적인 실수가 될 것이라고는 상상도 하지 못했다.

⚓

익스는 요정 마을에서 올라온 보고서를 살피고 있었다.

요정 마을과 그물 마을을 연결하는 가도 공사 진행 현황과 어선 제작소를 조선소로 확장하는 공사 현황이 상세하게 적혀 있었다.

이뿐만이 아니었다.

1선단이 가져온 물품으로 벌어들이고 있는 수익까지 상세히 적혀 있었다.

익스가 손에 잡고 있던 서류를 내려놓고 기지개를 켰다.

고개를 좌우로 숙이며 목을 풀던 익스는 맞은편 책상에 있는 알베스에게 물었다.

"도착했겠지?"

"그물 마을이라면 가깝지 않습니까. 일행이 있긴 하지만 지금쯤이면 티나 관리관과 만났을 겁니다."

모락 가족을 만났을 때를 떠올리자 절로 미소가 그려졌다.

'이걸 키잡이라고 해야 하나. 아니지, 키워서 굴릴 거니까. 키굴이 맞으려나?'

장차 최강의 기사로 자라날 아이를 확보했다.

어찌 기쁘지 않을 수 있겠는가.

먹지 않아도 배가 부르다는 말은 바로 이러한 경우를 두고 생겨난 것이리라.

그러나 장차 최강의 기사가 될 아이를 만나는 자리가 마냥 기쁘기만 했던 것은 아니다.

익스를 혼란스럽게 만든 자리이기도 했다.

익스는 로만이었던 웬들과 이야기를 마치고 곧바로 모락의 가족들과 만났다.

모락 부부의 가족들은 총 22명으로, 대인원을 자랑했다.

여기에 모락과 티나가 합류하면 총 24명이 된다.

티나의 배 속에 있는 아이까지 합한다면 25명이나 되는 대가족이었다.

익스는 코렌스로의 이주를 선택한 모락의 가족을 크게 환영했다.

모락의 아버지인 케릴과 장인 몬트는 앞으로도 활용 가치가 높은 인물들이었다.

최강의 기사와 불패의 기사를 만들어 낸 교육자가 아니던가.

당장은 여유가 없어서 어렵겠지만 여유가 생기면 곧바로 기사 학교를 만들어 두 사람에게 맡길 생각이었다.

익스는 모락의 가족들과 하나도 빠짐없이 악수했다.

황제와 악수를 하였다는 사실에 매우 놀라며 어쩔 줄 몰라 했지만 분위기만큼은 더없이 좋았다.

그리고 모락 가족과의 만남에서 하이라이트라 할 수 있는 순간이 찾아왔다.

바로 모락이 입양하기로 한 첫째 아들 러셀.

장차 포킹덤 최강의 기사가 될 러셀과의 만남이었다.

익스는 러셀과 악수를 한 다음, 똘똘해 보인다는 칭찬을 건넸다. 그리고 난 뒤에 나이가 되면 황제의 기사가 되어 달라고 부탁했다.

황제가 직접 기사로 임명하겠다는 것은 사실상 영지를 가진 귀족을 의미한다.

익스의 파격적인 행동에, 함께 자리하고 있던 자들은 누구랄 것 없이 놀라워했다.

러셀도 황제의 기사가 의미하는 것이 무엇인지 알고 있었다.

그는 반짝거리는 눈으로 익스를 바라보며 목이 떨어져 나갈 정도로 고개를 끄덕였다.

다른 이들에게는 파격적일 수도 있겠지만 익스로서는 오히려 감사한 일이었다.

포킹덤 최강의 기사를 말 한마디로 포섭해 버렸으니 말이다.

　일전에도 언급했다시피 러셀은 삼국지로 비유하자면 여포와 관우를 합쳐 놓은 기사다.

　시스템 역시 기분 좋은 메시지를 띄워 주었다.

　-최강의 기사 러셀을 포섭하였습니다.

　-새로운 스토리를 창출하였습니다.

　-S포인트 1,000 획득.

　-SS급 인재 획득으로 추가 보상이 지급됩니다.

　-새로운 능력치 무력이 개방됩니다. 능력치 상점에서 무력을 구매할 수 있습니다.

　시스템의 풍성한 보상에 익스는 속으로 감탄을 금치 못했다.

　보상도 보상이지만 익스를 더욱 기분 좋게 만든 것은 SS급 인재가 존재한다는 사실을 알게 되었다는 것이었다.

　그러나 시스템 메시지를 확인한 후, 익스를 혼란에 빠트리는 일이 일어났다.

　러셀과 나란히 선 아이가 손을 번쩍 들면서 소리쳤다.

　케릴과 몬트의 두 제자 중 하나였다.

　"저도요! 클레노도 황제의 기사가 되고 싶어요."

　모락 가족들이 화들짝 놀라며 클레노를 제지하였지만 이미 엎질러진 물이었다.

클레노는 분위기가 이상해지자 눈치를 보다가 눈물을 흘렸다.

익스는 무릎을 꿇고 클레노와 시선을 같이해 물었다.

"이름이 클레노라고 했니?"

클레노는 훌쩍이면서 대답했다.

"네."

익스는 아이를 달래기 위해 환한 웃음을 보여 주었지만 속으론 의문에 휩싸여 있었다.

'이상하다. 얘가 클레노면 티나가 임신한 아이는 누구지?'

모락의 첫째 아들이 최강의 기사라 불릴 러셀이고, 둘째 아들이 불패의 기사 클레노다.

'그러고 보니 나이 차이가 확실하진 않았어.'

포킹덤에서 모락의 두 아들의 나이 차이는 확실히 언급된 적이 없었다.

단지 나이 차이가 크게 난다고 알려졌을 뿐이다.

"몇 살이지?"

익스의 물음에 클레노가 손가락 2개를 펼쳐 보였다.

"두 살이라고?"

익스가 재차 묻자 모락의 아버지, 케릴이 나섰다.

그의 말에 따르면 클레노는 또래에 비해 성장이 대단히 빠르다고 한다.

"다섯 살이라고 해도 믿겠어."

"클레노를 처음 보면 다들 그런 오해를 합니다."

익스는 다시 클레노와 눈을 마주쳤다.

시스템을 이용해 두 살짜리 클레노가 불패의 기사가 될 클레노가 맞는지 알아보기로 했다.

아닐 수도 있었지만 두 살에 말문이 트이고 저토록 빠르게 성장한다면 기사로서의 자질은 충분할 테니까.

"클레노도 황제의 기사가 되고 싶다고 했지?"

"네. 저도 되고 싶어요."

"좋다. 황제의 기사를 시켜 주마. 대신 열심히 해야 한다."

울먹이던 클레노의 얼굴이 웃음으로 가득해졌다.

"열심히 할게요."

─불패의 기사 클레노를 포섭하였습니다.

─새로운 스토리를 창출하였습니다.

─S포인트 1,000 획득.

─SS급 인재 획득으로 추가 보상이 지급됩니다.

─특수 능력 '아이들의 워너비'가 등록되었습니다. 나이가 어린 인재일수록 포섭될 확률이 높아집니다.

호랑이도 제 말 하면 온다더니

익스가 러셀과 클레노를 만났던 일을 떠올리고 있을 때, 알베스의 목소리가 들려왔다.

"폐하, 그 아이들 말입니다."

"그 아이들이라면 모락의 아들들을 말하는 건가?"

"그러하옵니다."

"모락의 두 아들을 황제의 기사로 삼겠다는 것이 여전히 신경 쓰이는 건가?"

"그런 것이 아니옵니다. 소장이 보기에도 두 아이들의 재능이 범상치 않아 보였습니다."

"그러면 뭣 때문인가?"

"폐하께서 아이들을 귀여워하시는 듯 보여……."

익스는 말끝을 흐리는 알베스를 의아하게 바라보며 말했다.

"원래 아이들은 귀엽지 않은가. 그 어린것들이 열심히 하겠다고 주먹을 불끈 쥐던 모습을 떠올려 보게. 그게 귀엽지 않다면 이상한 일이지."

알베스가 어울리지 않게 입술을 오물거렸다.

뭔가 말을 하고 싶은데, 쉽사리 입이 떨어지지 않는 모양이었다.

"하고 싶은 말이 있으면 어서 말을 해 봐."

알베스가 익스의 눈치를 보며 조심스럽게 말했다.

"이제 황후마마를 들이실 때가 된 것 같습니다."

익스는 드디어 올 것이 왔다 싶었다.

이제 데로트 가문의 손아귀에서 벗어난 상태였기에 황후를 들여도 문제 될 것이 없는 상황이었다.

언젠가 황후에 대한 말이 나올 것이라고 생각했지만 그 언젠가가 지금일 줄이야.

"황후라……."

"폐하께서 아이들을 귀여워하시는 것을 보며 자연스럽게 황후마마를 떠올렸습니다. 이전까지는 사정상 황후마마를 들일 수 없었지만 이젠 아니지 않습니까. 무엇보다 황후의 자리를 언제까지고 비워 둘 수도 없는 상황입니다."

"황후에 대한 것은 천천히 이야기하세."

"흑마법사와 반란군을 토벌하는 것도 중요한 일이지만 황가를 재건하는 것도 그에 못지않습니다."

알베스의 말 그대로였다.

에소니아 가문의 후손은 익스가 유일했다.

제국의 25대 황제 르렘의 죽음으로 촉발된 황위 쟁탈전은 1년간 7명의 황제가 교체될 정도로 치열했다.

황제가 바뀔 때마다 경쟁자가 될 수 있는 자들을 죽이고 죽이고 또 죽였다.

지옥과 같은 황위 쟁탈전 속에서 살아남은 자들은 극소수였고, 그 극소수가 익스와 데일 대공, 세실리아 공작이었다.

그러나 대공과 공작은 하늘산맥에서 흑마법사들의 습격으로 목숨을 잃었다.

이로 인해 제국에서 에소니아라는 성을 사용하고 있는 사람은 익스가 유일했다.

어찌 보면 지금까지 황후에 대한 언급이 없었던 것이 신기한 일이기도 했다.

"그래, 자네 말대로 황후를 들이는 것은 중요한 일이지. 그렇다고 당장 추진할 수도 없는 일이 아닌가. 짐이 마음에 든다고 대뜸 마음대로 황후로 들일 수도 없고 말이야. 황실 어른들이 있었다면 몰라도 현재로선 재상과 논의해야 할 일일세."

"폐하, 반란군이 토벌되고 나면 재상은 폐하를 견제하려고 할 것입니다. 황실이 없는 만큼 폐하의 뜻에 따라 황후를 들이시는 것이 어떠할는지요?"

"황후에 관해서는 짐에게도 생각이 있어. 그러니 천천히 진행하도록 하세."

황제의 결혼은 아무래도 일반인의 결혼과 근본적으로 차이가 있었다.

애정 관계를 기반으로 하는 것이 아니라 정치적 이해득실을 고려해야만 했다.

익스가 단호하게 말하자 알베스도 더는 황후에 대해 언급하지 않았다.

익스와 알베스는 다시 일에 열중했다.

황후에 대한 언급은 더 이상 없었지만 알베스와 익스는 각기 황후에 대한 생각을 하고 있었다.

'관리관들과 모여 상의를 해 봐야겠어.'

알베스는 최대한 빨리 일을 진행하고자 했지만 익스는 시간이 필요했다.

'이왕 들일 황후라면 그 사람이 좋긴 한데. 문제는…….'

익스는 '그 사람'을 떠올렸다가 고개를 흔들었다.

당장은 흑마법사와 반란군 토벌에 집중해야 할 상황이었다.

익스는 머릿속에 떠오른 이름을 지워 버리고 알베스에게 물었다.

"요즘 마티엔은 뭘 하고 있는 거지? 도통 얼굴을 못 본 것 같은데."

요새에 도착한 지 일주일이나 흘렀음에도 마티엔과 마주 앉아 이야기를 나누지 못했다.

마티엔은 마티엔대로 익스는 익스대로 바빴기 때문이다.

"소장이 알기로는 마법사들을 대동해 요새 인근을 살피고 있습니다."

"정찰인가?"

"적의 침입을 조기에 감지할 수 있는 장치를 설치한다고 들었습니다."

마티엔이 새로운 마법 물품을 만든 모양이다.

그것이 무엇인지도 궁금했고, 하이오크의 지원 요청에 대해서도 논의를 해 봐야 했다.

"마티엔에게 연락을 넣어 주게."

익스가 마티엔과 마주한 것은 늦은 저녁이 되어서였다.

"얼굴 보기 힘들어."

"송구하옵니다. 요새 주변을 살피느라 폐하를 찾아뵙지 못했습니다."

"자네에게 아쉬운 소리를 하자고 부른 것이 아니야. 알베스에게 듣기로는 감지기를 설치했다던데, 그건 언제 만든 것인가?"

"아네스를 다녀올 동안 틈틈이 만들어 두었던 것입니다."

"마법 회로는 언제 공급받은 거지?"

"유리판을 받아 만든 것입니다."

마법 회로를 만드는 유리판은 일반적인 유리와는 달랐다.

겉으로 보기엔 큰 차이가 없었지만 특수 제작된 유리판이 아니라면 마법 회로로서 기능을 발휘하지 못했다.

익스는 마법 회로가 어떻게 만들어지는지 알고 싶어 했으나 에쉬는 알려 주지 않았다.

호빗이 손쉽게 품종개량을 하는 것처럼 노움의 비밀이라는 대답만 들었을 뿐이다.

"그러면 새로운 마법 물품이로군."

익스가 감탄하자 마티엔은 어색한 웃음을 지었다.

"그리 대단한 것은 아닙니다."

"자네에게야 그럴 수도 있겠지만 마법사가 아닌 자들에겐 대단해 보이지. 아니지, 오히려 마법사들이 더욱 대단하게 볼 지도 모르겠군."

익스의 칭찬이 부담스러웠던 것인지 마티엔은 재빨리 감지기에 대해 설명했다.

"소신이 설치한 감지기는 온전한 것이라 하기 어렵습니다. 불완전한 마법진이 그려진 마법 회로를 요새 주변에 묻어 놓았을 뿐입니다."

"불완전한 마법진이 어떻게 감지기가 되는 거지?"

마티엔의 설명은 다음과 같았다.

감지기라는 이름이 붙여진 마법 회로에는 1서클에 해당되는 마법진이 그려져 있었다.

대신 완전한 마법진이 아니라 오류가 있는 마법진이라고 한다.

"불완전한 마법 회로를 감지기로 쓸 수 있다고?"

"백마나와 흑마나는 서로 상극이기에 백마나로 만들어진 불완전한 마법진은 흑마나와 만나면 영향을 받을 수밖에 없습니다."

"영향을 받으면 어찌 되나?"

"백마법과 흑마법은 동시에 익힐 수 없습니다. 백마나와 흑마나는 성질이 달라 함께하지 못하기 때문입니다."

마티엔은 익스가 백마나와 흑마나라는 개념을 이해하지 못한다면 추가적으로 설명해 줄 생각이었다.

그러나 익스가 별다른 의문 없이 고개를 끄덕이자 두 마나에 대한 설명을 생략하고 말을 이어 나갔다.

"불완전하다곤 하지만 마법 회로에는 백마나가 담겨 있습니다. 이런 상황에서 밀도 높은 흑마나와 만나게 된다면 두 마나는 서로 충돌해 불완전한 마법 회로가 먼저 폭발하게 됩니다."

익스는 손뼉을 쳤다.

"호오, 흑마법사 전용 감지기로군."

"흑마법을 사용하지 않으면 발동되지 않겠지만 흑마법사들이 온다면 걸려들 수밖에 없을 것입니다."

마티엔은 마법 회로가 묻혀 있는 장소를 대략적으로 익스에게 알려 주었다.

요새 근처에만 설치(마법 회로가 담긴 상자를 땅에 묻기)한 줄 알았는데 그것이 아니었다.

서부 지역에서 하늘 길 요새로 올라오는 길까지 넓게 감지기를 설치해 놓았다.

"도대체 마법 회로를 몇 개나 만든 건가? 대충 들어 보아도 200개는 넘을 것 같은데."

"셀리나 부단주와 함께한 마법사들에게 도움을 받았습니다."

"아직 완치된 것은 아니라고 들었는데, 괜찮은 건가?"

"부담되지 않는 선에서 마법진을 그리면 오히려 회복에 도움이 됩니다."

인심 좋은 옆집 할아버지처럼 환하게 웃는 마티엔이었지만 왠지 모르게 무섭게 느껴졌다.

10명의 마법사들을 불러 물어보면 왠지 다른 말을 할 것 같았지만 익스는 모르는 척했다.

'사악함이 물들었어.'

예전의 마티엔이었다면 혼자서 처리했을 것인데.

마티엔은 마법 회로 만들기가 얼마나 치료에 도움이 되는지 설명해 주었다.

그러나 익스가 듣기엔 마법사들을 이용해 먹기 위한 당위성을 만들어 내는 것 같았다.

"하이오크 쪽에서 마법사를 지원해 달라는 요청을 했네."

"무슨 일이 있었습니까?"

"하이오크의 말에 의하면 흑마법사와 같은 고블린들이 있다고 하네. 그들과 아직 직접적으로 부딪친 것은 아니지만 머지않아 다툼이 벌어질 것이라고 하더군."

"소신이 듣기로는 하이오크에게도 주술사들이 있다고 했습니다."

"있긴 한데 숫자가 부족한 모양이야. 그리고 주술이라는 것이 마법처럼 체계적이지 못해서 양성도 쉽지 않더군."

마티엔이 신음을 내뱉었다.

"흠, 난감한 일이군요."

"짐도 같은 생각일세. 마법사들을 파견하면 되는 일이지만 요정 대륙으로 넘어간다는 것이 쉬운 일은 아니지 않나. 강제로 보낼 수도 없으니 말이야."

익스는 고민하는 마티엔을 향해 다시 말했다.

"하이오크 쪽에서 주술을 가르쳐 줄 수 있다는 뜻도 밝혔네. 주술을 배울 수 있다면 지원자가 있지 않을까?"

마티엔이 눈을 반짝인다.

"주술을 말입니까?"

"그렇다고 그냥 알려 주는 것은 아니야. 하이오크 주술사들은 마법에 대단히 흥미를 가지고 있다고 하더군. 마법과 주술을 교환하고 싶어 하는 것 같아."

익스는 마티엔의 눈이 뜨겁게 타오르고 있음을 알아차렸다.

마티엔은 익스 곁에 머물고 있었지만 근본적으로 마법사였다.

저 눈빛은 마법 공학의 개념을 접했을 때와 다르지 않았다. 셀리나만큼이나 열정적이었고, 한시라도 빨리 연구하고 싶어 했으니까.

"주술을 배울 수……"

입을 열었던 마티엔이 자리에서 벌떡 일어나 요새 동쪽을 바라보았다.

마티엔의 얼굴은 잔뜩 일그러져 있었다.

그와 동시에 크진 않았지만 '쾅쾅!' 하는 소리가 연달아 울려 퍼졌다.

폭발 소리는 시간이 갈수록 커졌다.

마티엔과 익스가 눈을 마주쳤다.

"흑마법사들입니다."

호랑이도 제 말 하면 온다더니.

흑마법사들이 올 것이라 예측했던 익스였지만 막상 현실이 되니 얼떨떨했다.

"진짜 왔군."

"음습하고 불쾌함이 느껴지는 것으로 보아 저주인 것 같습니다. 근처에서 흑마법사들의 기운이 포착되지 않습니다. 아무래도 하늘산맥 아래에서 저주를 사용한 것 같습니다."

"조만간 들이닥치겠군."

"그럴 것 같습니다. 마법 회로가 폭발하면서 밀려오는 저주가 주춤거리고 있지만 1시간 안에 도착할 것 같습니다. 폐하께서는 안전한 곳으로 피해 계시는 것이 어떨까 합니다."

"이 늦은 저녁에 가긴 어딜 가겠나."

"공간 이동을 하면 됩니다."

그렇지 않아도 묻고 싶었다.

공간 이동을 하려면 출발할 곳과 도착할 곳에 마법진이 마련되어 있어야 했다.

뿐만 아니라 6서클 이상의 마법사가 동시에 마법진을 발동시켜야 한다.

현재로선 이러한 조건이 갖추어지지 않았다.

알베스도 그 조건을 모르지 않았을 것인데 어째서 요새로 복귀하는 것을 받아들였을까?

"준비된 것이 없지 않은가."

"폐하시라면 유적지로 공간 이동이 가능합니다."

밖이 소란스러웠다.

알베스가 근위병에게 소리치는 것이 들렸다.

익스는 자세한 것은 나중에 묻기로 했다.

"짐이라면 걱정할 필요 없어. 이게 있으면 저주와 독은 얼마든지 물리칠 수 있다고 했으니까."

익스는 품에서 손바닥만 한 가죽 주머니를 꺼내 보였다.

밤 그늘 속 비명

레막은 뒷짐을 지고서 고개를 들어 하늘산맥을 바라보았다.

거대한 산맥이라면 동부 지역에도 있었다.

무한의 산맥으로, 크고 작은 산들이 끝없이 이어져 있어 붙여진 이름이었다.

실제로 무한의 산맥이 어디서 끝나는지 제국인들은 알지 못했다.

그만큼 거대한 산맥이라면 이골이 날 정도로 보았던 레막이었지만 하늘산맥 앞에 서자 절로 입이 벌어졌다.

멀리서 보던 것과는 커다란 차이가 있었다.

레막은 하늘 길 요새로 올라가는 입구와 인접한 마을에서 날이 어두워지길 기다렸다.

날이 저물기 시작하자 레막은 일행을 이끌고 하늘 길 요새 입구로 출발했다.

레막 일행은 레막 본인을 포함해 7명이었으나 지금은 11명으로 늘어난 상태다.

예정대로 저주 서클 흑마법사 4명이 합류했기 때문이다.

레막은 하늘 길 요새로 올라가는 길에서 슬쩍 비켜 나가 인적이 드문 공터에 자리를 잡았다.

험준한 하늘산맥이었기에 하늘 길 요새로 오르는 길을 제외한 모든 곳이 인적이 드물어 시간은 오래 걸리지 않았다.

레막은 날이 저물자 곧바로 마법진부터 그렸다.

마법진을 완성한 레막은 제자들에게 말했다.

"마법진 범위는 10m다. 내 지시가 있기 전까지는 벗어나지 마라."

이어서 저주 서클 흑마법사들에게도 말했다.

"너희들도 저주를 시전한 뒤에 곧바로 마법진 범위 안으로 들어와야 한다."

저주 서클 흑마법사 중 하나가 물었다.

"마법진 안에서 컨트롤이 가능합니까?"

"기척을 숨기는 마법진이라 가능하다."

"그러면 마법진 안에서 하는 것이 좋지 않겠습니까?"

"활성화된 마법진 안에서 다른 마법을 사용할 정도로 너희들 실력이 뛰어난 모양이구나."

레막의 지적에 저주 서클 흑마법사들은 말문이 막혔다.

흑마법이든 백마법이든 마법은 크게 3단계로 나뉜다.

발현, 유지, 소멸.

이 마법의 3단계에서 가장 어려운 것이 발현이었다.

흩어져 있는 마나를 특정한 형태로 응집시켜야 하기 때문이다.

활성화된 마법진에서 마법 발현이 어려운 것은 마나의 특성과 깊은 관련이 있었다.

"멀뚱히 서서 뭐 하려고. 마법진 안에서 할 수 없으면 밖에 나가서 진행해."

저주 서클 흑마법사들은 반박할 수 없었기에 레막에게 인사를 올리고 걸음을 옮겼다.

레막이 만든 마법진에서 20m 정도 떨어진 곳이었다.

"더 떨어져라."

저주 서클 흑마법사들은 마법진과의 거리를 더 떨어트렸다.

빼곡히 자라난 나무 사이에 끼어 있어야 했지만 그들은 순순히 레막의 말에 따랐다.

저주 서클 흑마법사들은 동서남북으로 자리를 잡고 서로 마주 보았다.

그들은 마주 본 상태에서 눈을 감고 가슴팍에 손을 넣어 무엇인가를 끄집어냈다.

목걸이 장식품이었는데, 두 손으로 움켜잡은 터라 그것이 무엇인지는 정확히 알 수가 없었다.

잠시 후, 4명의 흑마법사의 몸에서 회색 기운이 스멀스멀 피어올랐다.

피어오르는 회색 기운은 허공에 올라서자 연기처럼 흩어졌다.

흑마법사들이 눈을 떴다.

그들은 회색으로 물든 눈동자로 밤하늘을 살피다가 레막이 있는 마법진으로 이동했다.

특이한 점이라면 양손으로 쥐고 있는 목걸이 장식품을 놓지 않았다는 것이다.

"스승님."

회색 눈으로 마법진 안으로 들어선 흑마법사들을 살피던 레막은 오뎀의 목소리에 고개를 돌렸다.

6명의 제자들이 의문 가득한 눈빛으로 바라보고 있었다.

레막은 제자들의 궁금증을 풀어 주었다.

"밤 그늘 속 비명이다."

밤 그늘 속 비명.

6서클에 들어가는 흑마법으로, 광역 저주 마법이다.

이름에서도 알 수 있듯이 저주에 걸린 자들은 비명에 시달린다.

비명도 일반적인 것이 아니었다.

폐황제가
되었다

등골을 서늘하게 할 정도로 괴기한 비명이 끝없이 이어졌다. 이로 인해 저주에 휩쓸린 자들은 집중력 저하 내지는 심하면 정신착란까지 일으킨다.

"6서클 마법인데, 가능한 겁니까?"

제자들의 의문은 당연한 것이었다.

저주 서클에서 나온 흑마법사들은 모두 3서클에 불과했으니까.

"너희들도 힘을 합쳐 실험체를 다루지 않더냐. 그것과 같은 것이라 보면 된다."

"아무리 그래도 3서클 마법사들이 6서클 마법을 사용한다는 것은……."

레막이 부연 설명을 하려고 했지만 그럴 필요가 없었다.

오뎀이 나섰기 때문이다.

"지금은 밤이야. 흑마나 응집도가 높아질 때라는 것을 감안해야지. 낮이라면 어려웠겠지만 지금과 같은 밤이라면 가능해. 우리도 밤엔 실험체 통제가 더욱 수월하잖아."

레막은 흐뭇한 미소를 지었다.

역시 첫 번째 제자였다.

한편으로는 아쉽기도 했다.

제일 괜찮은 녀석이 키메라 연구보다 길드에 관심을 가지니 말이다.

그래도 어쩌겠는가.

길드에서 발언권을 확보하려면 똑똑한 놈이 나서야지.

"오뎀의 말이 맞다. 변형된 것이긴 하지만 근본적으론 우리와 같은 방법이다."

허공에 뭉쳐 있던 저주가 천천히 땅으로 내려온 뒤에 하늘길 요새를 향해 올라갈 때였다.

쾅쾅쾅!

폭발이 일어났다.

레막은 눈을 찌푸렸고, 오뎀과 제자들은 의아해했다.

"밤 그늘 속 비명이 폭발도 일으키나?"

"그런 것 같지는 않은데."

"개량한 건가?"

"저주 서클이라면 개량할 수도 있겠지만 그래도 폭발이라니, 너무 뜬금없는걸."

다른 제자들과 달리 오뎀은 레막의 얼굴을 살폈다.

딱딱하게 굳어진 스승의 얼굴을 확인한 오뎀은 무엇인가 잘못되었다는 것을 깨달았다.

레막이 저주 서클 흑마법사들에게 다가갔다.

그들도 당혹스러워하고 있긴 했지만 눈은 여전히 회색으로 물들어 있었다.

4명 모두 눈이 회색이라는 것은 저주가 유지되고 있다는 것을 뜻한다.

"실수냐?"

흑마법사들 중 하나가 고개를 흔들었다.

"아닙니다. 정상입니다."

"실수가 아니라고?"

"저주는 완벽합니다. 도대체 왜 폭발이 일어나는지 모르겠습니다."

레막과 흑마법사들이 이야기를 나누는 중에도 폭발은 계속되고 있었다.

"저주를 요새까지 올릴 수 있겠나?"

"폭발 때문에 신경 쓰이긴 하지만 요새로 올리는 것은 문제될 것이 없습니다. 그런데 도대체 왜 폭발이 일어나는지 모르겠습니다."

레막이 하늘산맥을 바라보며 이를 갈았다.

"백마나다."

백마나가 언급되자 누구랄 것 없이 몸을 부들부들 떨었다.

오뎀이 마른침을 삼키며 레막에게 물었다.

"하늘산맥에 백마법사들이 숨어 있단 말씀입니까?"

레막은 하늘산맥에서 눈을 떼지 않고 말했다.

"그럴 가능성이 높겠지. 그나마 다행이라면, 폭발이 일어나고 있지만 저주가 멀쩡하게 유지되고 있다는 것이지. 흑마법과 백마법이 만났을 경우, 응집도가 떨어지는 쪽이 폭발할 테니까."

여전히 얼굴은 굳은 채였으나 오뎀은 작게 안도했다.

"저쪽이 숫자는 많을 수도 있겠지만 전력은 우리에게 미치지 못하겠군요."

"두고 봐야 알겠지만 그럴 확률이 높겠지."

세실리아 공작의 예지력을 피하고자 수를 썼는데, 폭발로 인해 쓸모없어져 버렸다.

이렇게 소란스러우면 예지력이 없더라도 위험을 눈치챌 테니까.

저주 서클 흑마법사들이 레막에게 물었다.

"저주를 취소할까요?"

"계속 유지해. 이런 상황이면 전면전이 될 테니까. 적의 숫자를 최대한 줄여야지."

레막은 제자들에게 시선을 돌려 이어서 말했다.

"실험체를 준비해라. 최대한 빨리 요새로 올라간다."

익스는 하늘 길 요새 서쪽 성문에서 하이오크 호위대와 함께 대기하고 있었다.

'거참, 이렇게까지 할 필요는 없는데.'

마티엔이 나선 이상 이제 흑마법사들은 걱정거리가 되지 않았다.

이미 수차례 언급했다시피 마티엔은 소설에서 단신으로

고양이 눈동자 길드를 무너트린 대마법사였다.

흑마법사들에게 있어서 천적이자 재앙이었다.

익스에게 익숙하게 표현하자면, 마티엔은 일종의 비대칭 전략무기나 다름이 없었다.

'그놈들이 모조리 몰려왔을 리는 없을 테고.'

고양이 눈동자 길드가 하늘산맥으로 보낸 전력이 어느 정도인지 익스로서는 정확하게 알 수 없었다.

다만 익스가 확신하는 것은, 그들이 길드의 모든 자원을 투입하지는 않았으리라는 사실이었다.

그렇기에 흑마법사들의 습격에도 태평할 수 있었던 것이다.

익스는 건너편에 있는 동쪽 성벽을 바라보았다.

마음 같아선 저곳에 올라서 지켜보고 싶었다.

동쪽 성벽에 배치된 마법사들이 어떻게 저주를 막아 내는지 말이다.

지금은 여유롭게 지켜보고 있지만 마티엔이 설치한 감지기가 폭발한 직후에는 그야말로 급박함 그 자체였다.

알베스와 모락, 사나운도끼가 쏜살같이 익스를 찾아왔다.

그들은 도착하자마자 익스에게 공간 이동을 통해 안전한 곳으로 대피할 것을 청했다.

이에 익스는 에쉬가 넘겨준 물건을 보여 주고 마티엔에게 확인을 요청했다.

마티엔은 에쉬가 준 물건을 활용한다면 흑마법으로부터 안전하게 몸을 지킬 수 있을 것이라고 답해 주었다.

덕분에 익스는 바람막이산 유적지행을 피할 수 있었다.

요새에 남을 수 있게 되자 익스는 조금 더 욕심을 냈다.

동쪽 성벽에 오르려고 한 것이다.

당연하게도 익스는 신하들의 완강한 반대에 부딪쳤고 결국 지금과 같이 서쪽 성문에 자리했다.

익스가 입맛을 다시며 아쉬움을 보일 때, 알베스가 모습을 드러냈다.

"동쪽 성벽에 마법사들 배치가 끝났습니다. 요새로 향하는 저주를 그들이 막아 낼 수 있을 것이라 했습니다."

"다행이군. 무슨 저주라고 하던가?"

"마티엔 관리관의 말에 따르면 밤 그늘 속 비명이라 합니다."

알베스는 밤 그늘 속 비명이라는 저주를 간략하게 설명해 주었다.

설명이 끝나자 익스가 눈을 찌푸렸다.

"귀찮은 저주로군."

"폐하, 지금이라도 요새 아래로 내려가시는 것이 좋을 것 같습니다."

익스가 알베스를 안심시켰다.

"에쉬가 넘겨준 것을 이미 복용했어. 적어도 이틀 동안은 안전해."

"하지만……."

익스는 요새 동쪽 성벽 인근에 배치된 병력을 손가락으로 가리켰다.

"짐보단 근위병들과 병사들을 걱정해야 할 것 같은데. 동쪽 성벽에 있는 마법사들이 저주를 방어하지 못한다면 온전히 저주에 노출되는 것이 아닌가."

익스의 지적에 알베스는 잠시 머뭇거렸지만 곧바로 반박했다.

"마티엔 관리관의 의견에 따르면 이번 저주는 강한 정신력으로 이겨 낼 수 있다고 했습니다."

저주 효과가 귓가에 울리는 비명뿐이라면 가능할 것 같기도 했다.

물론 쉬운 일은 아닐 것이다.

'띠이~' 하는 이명에도 사람들은 정신이상을 일으키기도 하니까.

끔찍하고 섬뜩한 비명이라면 더욱 치명적일 것이다.

"자네들이라면 이겨 내겠지. 짐도 저주에 대한 대책이 마련되었고 말이야. 하지만 근위병들과 병사들은 맨몸으로 저주를 맞아야 하지 않나. 당장 몸을 피해야 하는 것은 짐이 아니라 근위병들과 병사들일세."

가만히 듣고 있던 사나운도끼가 익스의 의견에 동의를 표했다.

"듣고 보니 황제의 말이 맞는 것 같군. 근위병들과 병사들을 요새 아래로 내려보내는 것이 좋겠어."

황제를 피신시키고자 꺼냈던 말이 도리어 이상하게 흘러가자 알베스는 적지 않게 당황했다.

그때였다.

동쪽 성벽 너머에서 엄청난 폭발음이 터져 나왔다.

저주가 요새로 다가오면서 감지기가 일으킨 폭발과는 비교도 할 수 없을 정도였다.

거대한 폭발음은 한 번이 아니었다.

두 번 연달아 '쾅! 쾅!' 하는 굉음이 이어졌다.

얼마나 강력한 폭발이었는지 땅이 울렁거리는 것을 느낄 수 있었다.

익스는 동쪽 성벽 너머를 바라보며 중얼거렸다.

"마티엔이 시작한 모양이야."

마티엔의 신위

마티엔은 밤하늘에 떠 있었다.

낮이었다면 요새에 있는 사람들이 공중에 떠 있는 마티엔을 보고 크게 놀랐을 것이다.

마티엔은 제국 서부 지역에서 하늘 길 요새로 오르는 길 주변을 여러 번 탐색했다.

'이상하군.'

흑마법사의 기운이 느껴지지 않았다.

하지만 감지기가 폭발하는 소리는 계속 이어지고 있었다.

이것이 의미하는 것이 무엇이겠는가.

저주가 하늘 길 요새를 향해 올라가고 있다는 것이다.

마티엔의 시선이 제국 서부 지역으로 향했다가 요새로 오르는 길이 시작되는 지점으로 돌아왔다.

'저주는 저쯤에서 시작된 것이 분명해.'

마티엔은 저주가 시작된 지점을 정확히 찾아냈다.

처음으로 흑마나가 응집된 장소는 저곳이었다.

'저주를 사용하고 물러났다?'

마티엔은 고개를 흔들었다.

밤 그늘 속 비명과 같은 광역 저주는 지속해서 마나를 공급하고 컨트롤해 줘야만 유지된다.

넓은 범위를 대상으로 하는 만큼 소모되는 마나와 정신력도 컸다. 무엇보다 마법은 시전자와 거리가 멀어질수록 컨트롤하기 어려워진다.

6서클에 오른 흑마법사라 할지라도 밤 그늘 속 비명을 자신이 감지할 수 없을 만큼 먼 거리에서 조종한다는 것은 있을 수 없는 일이었다.

'그렇다면 하나뿐이군.'

흑마법사들이 자주 사용하는 은신 마법인 '밤그림자의 장막'일 것이다.

흑마법의 특성상 어둠이 내려앉은 밤에 사용하면 더욱 효과적이다.

'밤그림자의 장막을 이토록 완벽하게 사용할 정도라면 5서클 이상일 테지.'

밤 그늘 속 비명이 6서클 마법이긴 했지만 다수가 힘을 합친다면 얼마든지 사용할 수 있었다.

이건 마치 공간 이동에 필요한 6서클 마법사를 대신해 10명의 백마법사가 힘을 합친 것과 같았다.

마티엔은 하늘산맥에 투입된 흑마법사들의 전력이 범상치 않음을 느낄 수 있었다.

밤 그늘 속 비명은 물론이고, 밤그림자의 장막까지 사용할 정도다.

이는 최소한 5서클 흑마법사가 투입되었다는 뜻이다.

그것이 아니라면 5서클 흑마법사들을 대신할 수 있을 만큼 다수의 인원을 투입했거나.

'숨어 있다면 끄집어내야지.'

마티엔은 밤하늘을 가르며 요새 아래로 내려갔다.

저주가 시작된 곳을 발아래에 둔 마티엔의 눈에서 푸른 빛이 뿜어져 나왔다.

눈여겨볼 것이라곤 그것이 전부였다. 마티엔이 뭔가 한 것 같았지만 달라진 점을 찾기는 어려웠다.

어둠으로 인해 가려진 것일지도 모르겠다.

그 순간, 하늘 길 요새로 오르는 길에 거센 바람이 몰아쳤다.

바닥에 떨어진 나뭇잎과 연약한 풀이 바람에 휩쓸렸다.

바람을 타기 시작한 나뭇잎과 풀잎은 특이한 움직임을 보였다.

정확하게 원을 그리며 바람에 날리고 있었다.

나뭇잎을 품은 바람은 점점 원의 크기를 키워 가며 하늘 길 요새로 오르는 길 주변을 완전히 집어삼켰다.

그때였다.

원 한쪽이 일그러지기 시작했다.

'역시!'

마티엔은 눈을 반짝였다. 그러자 원을 그리고 있던 바람이 하늘로 치솟아올라 한 점으로 모여들었다.

마티엔의 발아래로 나뭇잎과 풀잎으로 채워진 커다란 바람 공이 만들어졌다.

마티엔의 시선이 바람을 일그러트렸던 곳에 닿자 바람 공도 아래로 내려갔다.

빠르게 낙하하던 바람 공이 무엇인가에 가로막히면서 커다란 폭발음을 만들어 냈다.

쾅!

마티엔은 코웃음을 쳤고, 두 눈에서 뿜어져 나오는 푸른 빛이 더욱 짙어졌다.

바람 공이 연이어 보이지 않는 장벽을 내리쳤다.

쾅쾅!

귀를 얼얼하게 만드는 폭발음이 두 번, 세 번째가 되었을 때, 마티엔은 밤그림자의 장막이 사라졌음을 알아차렸다.

장막이 사라졌지만 바람 공은 다시 한번 땅을 내리쳤다.

신기한 것은 이전처럼 폭발음이 터져 나오지 않았다는 것
이다.

　바람 공이 땅에 닿는 순간, 바람 공이 품고 있던 나뭇잎과
풀잎이 사방으로 퍼져 나갔다.

　"으악!"

　"우웩!"

　저주 서클 흑마법사들이 짧은 비명과 함께 피를 토하며 쓰
러졌다.

　그들은 하나같이 손으로 가슴을 움켜잡고 있었다.

　'윽, 젠장!'

　충격을 받은 것은 저주 서클 흑마법사들만이 아니었다.

　마법진 밖에서 가해진 거대한 충격에 레막은 밤그림자 장
막을 더 이상 유지할 수가 없었다.

　'그냥 포기했어야 했는데.'

　두 번째 충격이 가해졌을 때 마법진이 갈라졌다.

　활성화된 마법진이 거미줄처럼 갈라진다는 것은 있을 수
없는 일이었다.

　응집된 흑마나가 흩어지는 경우는 있었지만 응집된 채 갈라
진다는 것은 듣도 보도 못했다.

여기서 마법진을 거두었다면 심장에 있는 서클이 흔들리는 일도 없었을 것인데.

거미줄처럼 갈라진 마법진을 넋 놓고 바라보다가 세 번째 충격을 허용하고 말았다.

그리고 세 번째로 충격으로 마법진은 완전히 깨져 버렸다.

마법진이 깨졌다는 것은 흑마나의 응집이 불완전하다는 것이다.

비정상적인 흑마나가 완벽한 형태로 응집된 백마나를 만나면 어떻게 될까?

마티엔이 설치한 감지기(마법 회로)처럼 폭발한다.

감지기는 백마나가 저장된 상태이기에 스스로 폭발하지만 마법사가 마나를 공급해 주는 마법진일 경우엔 마나 공급원인 마법사에게서 폭발이 일어난다.

즉, 심장에 새겨진 서클이 엉클어진다.

그나마 레막은 6서클에 오른 흑마법사답게 대처가 빨랐다.

심장의 서클에 충격에 가해지는 즉시 흑마나를 흡수했다.

흑마나 응집도가 높아지는 밤이었기에 가능한 일이었다.

만약 낮이었다면 저주 서클 흑마법사들과 같은 신세가 되었을 것이다.

"썩을……."

레막은 이를 갈았다.

하늘에서 비처럼 쏟아지는 나뭇잎과 풀잎이 몸에 닿자 또

다시 서클이 요동치기 시작했다.

셀 수 없이 떨어지는 나뭇잎과 풀잎에는 농도 짙은 백마나가 가득했다.

레막은 주변을 살폈다.

하늘에서 떨어지는 나뭇잎과 풀잎의 백마나가 몸에 닿을 때마다 따끔거리긴 했지만 충분히 이겨 낼 수 있었다.

그러나 제자들은 달랐다.

저주 서클 흑마법사들이 레막의 눈에 들어오긴 했지만 관심의 대상은 아니었다.

가슴을 부여잡고 피를 토했다면 서클이 파괴되었다는 의미다.

돕고 싶어도 도울 수가 없었다.

만약 해 줄 수 있는 일이 있다면 최대한 빨리 고통을 덜어 주는 것뿐이다. 그러나 지금은 제자들의 안위를 살피는 것이 우선이었다.

주변을 살피던 레막은 어렵지 않게 제자들을 발견할 수 있었다.

6명의 제자 중 숨이 붙어 있는 것은 오뎀이 유일했다.

그러나 숨이 붙어 있다고 해도 너무 미약해서, 당장 죽어도 이상하지 않을 정도였다.

레막은 재빨리 오뎀의 심장에 손을 올리고 흑마나를 주입했다.

흑마나가 주입되면서 심장의 서클이 안정되자 오뎀이 정신을 차렸다.

"스, 크악!"

하늘에서 떨어지는 나뭇잎과 풀잎이 몸에 닿자 오뎀이 고통 가득한 비명을 내질렀다.

"이 빌어먹을 것들!"

레막의 눈이 회색으로 빛남과 동시에 반원 모양의 투명한 막이 레막과 오뎀을 감쌌다.

오뎀은 창백한 안색으로 힘겹게 레막을 불렀다.

"스, 스승님……."

"조금만 참아라. 서클만 안정되면 회복될 것이다."

"저를 제물로 실험체를 소환해 주십시오."

힘든 와중에도 오뎀이 확고히 말했다.

"쓸데없는 소리!"

"적입니다. 거대한 적이 나타났습니다. 실험체가 있어야 합니다."

"제물이 없더라도 소환할 수 있다."

"힘을 아끼셔야 합니다."

하늘에서 누군가가 땅으로 내려왔다.

레막은 본능적으로 느꼈다.

백마법사다.

감히 경지를 짐작하기 어려울 정도로 강력한 마법사가 나타난 것이다.

'흑마나가 이리도 요동치다니.'

강력한 백마나에, 흑마나가 두려움에 떨고 있다.

낮이라면 이해할 수 있는 일이었지만 흑마나의 응집도가 최고조에 달하는 늦은 밤에 이러한 일이 발생하다니.

레막은 상식을 벗어난 백마법사의 등장에 등골이 서늘해졌다. 그렇다고 레막이 상대의 경지를 정확히 알아낸 것은 아니었다.

단지 심하게 요동치는 흑마나를 통해 어림짐작했을 뿐이다.

그는 옆집 할아버지와 같은 포근한 인상을 지닌 백발노인 마티엔을 결코 경시할 수가 없었다.

레막은 투명한 막을 거두어들였다.

하늘에서 떨어지는 나뭇잎과 풀잎이 더는 없었기 때문이다.

마티엔이 땅에 발을 딛는 순간, 거짓말처럼 나뭇잎과 풀잎이 사라졌다.

레막은 사납게 마티엔을 노려보았다.

"정체가 뭐지?"

마티엔이 혀를 차며 말했다.

"얼굴에 있는 미세한 선들로 보아하니 키메라를 연구하는 자로구나."

레막은 깜짝 놀랐다.

지금까지 얼굴의 선을 파악한 자들은 없었기 때문이다.

레막은 다시 한번 상대의 경지가 범상치 않음을 깨달았다.

"그대가 그 젊음을 유지하기 위해서 얼마나 많은 이들을 희생시켰을지 짐작도 못 하겠군."

"그런 것들까지 신경 쓰면서 어찌 연구를 한단 말인가. 하긴 백마법사 놈들이 무얼 알겠느냐."

마티엔이 안타깝다는 듯 말했다.

"일찍이 키메라 마법은 치료를 위해 만들어졌다. 불구가 된 자들에게 새로운 몸을 주기 위함이었는데, 흑마법사를 자청하는 그대들로 인해 크게 변질되어 버렸다."

레막은 경악했다.

"그걸 어찌……!"

"첫 번째 수호자님께서 정립하신 치료 마법은 상처로 고통받는 자들을 위한 것이었다. 키메라 마법 또한 치료를 위한 목적이었건만 이토록 악용하다니. 그대는 그 죗값을 치러야 할 것이다."

"헛소리 집어치워! 죗값을 치러야 할 것들은 저 빌어먹을 교단 새끼들이야. 그놈들 손에 죽어 간 마법사가 얼마인지 모른단 말인가. 족히 수만이다. 그놈들은 마법사만 죽인 것이 아니야. 마법사에게 음식을 건네줬다는 이유만으로 무고한 사람들을 불에 태워 죽였다."

레막은 악에 받쳐 계속 소리쳤다.

"신을 섬기는 놈들이 사람들을 잡아가 불태워 죽이는 것과 우리가 실험하는 것이 무슨 차이가 있을 것 같나. 그놈들은 되고 우린 안 되는 이유가 뭔데!"

"무고한 희생이 있었다는 것은 사실이나 극히 일부일 뿐이다. 심지어 그런 일을 저지른 자들은 오대 교단 차원에서 처벌을 받았다. 극히 일부의 일을 가지고 마치 전부인 양 호도하지 말라."

"그 일이 있었다는 것은 분명한 사실이다."

"설사 오대 교단이 그러한 일을 저질렀다 한들 그것이 그대들이 한 잔인한 실험을 정당화시킬 순 없다."

레막은 코웃음을 쳤다.

"하긴 등신같이 교단에 이용만 당하다가 배신당한 너희들이 무얼 알겠나. 내가 너와 같은 경지에 이르렀다면 진작 오대 교단을 작살 냈을 것이다."

"우리의 힘은 신관들에게 무용지물이라는 것을 알고 있을 것이다."

"알지. 그걸 어찌 모르겠나. 그래서 그것을 극복하고자 우리는 끝없이 연구하고 실험한 것이다. 그 빌어먹을 신관 놈들을 쓸어버리기 위해……."

오뎀이 자신의 심장에 올려진 레막의 손을 잡았다.

그리고 신음이나 다름없는 가는 목소리로 중얼거렸다.

"늦었습니다."

이에 레막의 눈동자가 심하게 흔들렸다.

그는 피가 날 정도로 강하게 입술을 깨물었다.

레막은 오뎀의 심장에서 손을 떼고 자리에서 일어나 마티엔에게 말했다.

"보여 주마, 우리가 연구한 결과를 말이다."

마티엔은 의아한 표정을 짓다가 바닥에 누워 있는 자의 심장에서 느껴지는 섬뜩한 기운에 흠칫했다.

"너라면 느낄 수 있겠지. 내가 만든 필생의 역작을 말이야."

레막의 섬뜩한 미소와 함께 오뎀의 가슴이 갈라졌다.

사나운도끼가 동쪽 성벽 너머를 바라보며 말했다.

"이만한 굉음이라면 엄청난 마법을 사용했다는 것인데, 어째서 아무것도 느껴지지 않는 거지?"

그의 궁금증을 풀어 준 것은 익스였다.

"제가 부탁한 겁니다. 마법을 사용한 흔적이 남으면 귀찮은 일이 발생하거든요."

"교단인가 뭔가 하는 자들 때문인가?"

"그렇습니다. 그래서 최대한 흔적을 남기지 말아 달라고 부탁했습니다."

사나운도끼가 우려를 나타냈다.

"힘을 아끼다가 당할 수도 있을 것인데?"

"상황이 여의치 않으면 신경 쓰지 말라고 했습니다."

"그렇다면 다행이군. 그나저나 이게 너무 불편해."

사나운도끼가 목걸이를 만지작거렸다.

"그걸 벗고자 하시면 한시라도 빨리 제국어를 배우셔야 할 겁니다."

"안 그래도 노력 중이긴 한데, 쉽지 않더군. 나이가 들어서 머리가 굳은 모양이야."

"그렇다면 통역기를 편히 사용할 수 있도록 개량해 보도록 하죠."

사나운도끼가 고개를 흔들었다.

"됐네. 장식품이 익숙지 않아서 그런 것뿐이니까. 다른 자들은 불편함 없이 사용 중이야."

마법 통역기에 관한 이야기를 나누고 있을 때 하이오크 호위대원 중 하나가 끼어들었다.

"대장, 불쾌한 기운들이 사라진 것 같소."

사나운도끼가 동쪽 성벽 너머를 뚫어지게 바라보다가 대답했다.

"확실히 사라진 것 같군."

익스는 불쾌한 기운이라는 것이 저주임을 눈치챘다.

"저주가 사라진 것입니까?"

사나운도끼의 대답은 필요치 않았다.

백마법사 하나가 서쪽 성문으로 찾아와 요새로 향하던 저주가 사라졌음을 알렸다.

저주가 사라졌다면 더는 몸을 사릴 필요가 없었다.

익스는 일행과 함께 동쪽 성벽에 올랐다.

성벽에 올랐지만 보이는 것은 어둠뿐이었다.

설사 낮이라 할지라도 요새 아래를 확인할 수는 없었을 것이다.

'여기서도 안 보이는 건 매한가지군.'

익스가 입맛을 다시자 알베스가 얼굴을 굳히고 단호히 말했다.

"절대 안 됩니다. 요새 아래로 내려갈 생각이라면 꿈도 꾸지 마십시오."

"아깐 내려가라 하지 않았나."

알베스가 얼굴을 잔뜩 일그러트렸다.

"폐하, 지금은 농담할 때가 아닌 것 같습니다."

익스는 마티엔의 신위를 직접 확인하지 못하는 것이 아쉬웠던 것이지, 요새 아래로 내려갈 생각은 없었다.

어차피 코렌스를 벗어날 수도 없는 상황이었으니까.

동쪽 성문을 통해 코렌스를 벗어나자마자 시스템이 경고 메시지로 반겨 줄 테니.

"분위기를 풀어 보려고……."

익스는 말을 잇지 못했다.

폐황제가
되었다

크앙!

일반적인 맹수의 포효가 아니었다.

귓가로 '크앙!' 하는 소리가 파고든 순간, 서늘한 기운이 몸속을 파고들어 심장을 찔렀다.

익스 곁에 있던 자들은 누구랄 것 없이 신음을 내뱉으며 몸이 휘청거렸다.

백마법사의 경우엔 다리에 힘이 풀려 주저앉을 정도였다.

동쪽 성벽 아래에 대기하고 있던 근위대와 병사들도 절반은 신음을 내뱉었고 나머지 절반은 바닥에 쓰러졌다.

멀쩡한 것은 익스뿐이었다.

"왜 그러지?"

알베스가 가늘게 떨리는 몸을 진정시키고 익스의 의문을 풀어 주었다.

"어마어마한 살기가 파고들어서 그런 것입니다."

"살기라니? 짐은 아무것도 느껴지지 않아."

"폐하께서 복용하셨던 액체가 효과를 발휘하는 것 같습니다."

바닥에 주저앉았던 백마법사가 질린 표정으로 설명을 덧붙였다.

"단순한 포효가 아닙니다. 일종의 저주와 같은 것으로 보입니다."

사나운도끼가 숨을 들이마셨다가 내쉬었다.

호흡을 가다듬고서 입을 열었다.

"마티엔이 걱정이군. 내 평생 이토록 흉포한 살기는 처음일세. 도대체 저 밑에서 무슨 일이 벌어지고 있을지 짐작조차 되지 않아."

익스는 마티엔의 실력을 믿고 있었지만 사나운도끼의 우려에 가슴 한구석에서 불안감이 싹트기 시작했다.

'괜찮겠지. 마티엔인데.'

마티엔은 살아남은 2명의 흑마법사인 레막과 오뎀의 목숨을 언제든 거둘 수 있었다.

그런데도 곧바로 손을 쓰지 않은 것은 레막이 오뎀을 치료하고 있었기 때문이다.

'그래도 동료애는 있군.'

레막이 말도 안 되는 소리를 늘어놓는 것을, 동료의 서클을 안정시키기 위해 시간을 끄는 것으로 해석했다.

동료를 어떻게든 구해 내려는 모습을 보곤 흑마법사들이 알려진 것만큼 구제 불능은 아니라 여겼던 것이다.

이유는 이것뿐만이 아니었다.

하늘산맥에 투입된 흑마법사들의 전력이 마티엔의 생각보다 적었다.

이렇게 약한 전력이었다면 힘 조절을 했을 것인데.

다소 과하게 손을 쓴 탓에 살아남은 흑마법사가 둘밖에 없었다.

흑마법사가 만든 고양이 눈동자 길드에 대한 정보를 캐내기 위해서라도 둘의 목숨은 붙여 놔야 했다.

원래 계획대로라면 목숨을 붙여 놔야 할 자는 최소한 셋 이상이었다. 정보의 신뢰성을 높이기 위해선 교차 검증이 필요했기 때문이다.

그런데 살아남은 자들이 최소한의 기준도 맞추지 못했다.

밤그림자 장막을 걷어 낼 요량으로 펼친 마법에 괴멸당할 줄 어찌 알았겠는가.

살아남은 자가 둘이 아니라 최소한의 기준인 셋이었다면 곧바로 서클을 파괴시켰을 것이다.

그러나 살아남은 것은 둘이었고, 그중 하나는 온전한 상태도 아니었다.

이러한 이유로 마티엔은 굳이 손을 쓸 필요가 없다고 보았다. 무엇보다 마티엔은 흑마법에도 조예가 깊었다.

흑마법을 익힌 것은 아니지만 이론적으로는 완벽하게 이해하고 있었기에 살아남은 자들이 무슨 짓을 하든 충분히 대처 가능할 것이라 보았다.

이 또한 마티엔의 방심이었다.

고양이 눈동자 길드가 만들어진 뒤에 새로운 흑마법이 만들어졌을 것이라고는 염두에 두지 못했으니까.

여러모로 신중치 못했던 마티엔이었다.

⚜

오뎀의 가슴 살갗이 좌우로 뜯기면서 늑대와 흡사한 얼굴이 튀어나왔다.

얼굴을 시작으로 앞다리, 몸통, 뒷다리, 꼬리까지 이어졌다.

오뎀의 몸이 허물처럼 벗겨지면서 늑대가 완전히 모습을 드러냈다.

오뎀의 흔적이라곤 녹색 후드가 전부였다.

애초 이 세상에 존재하지 않았던 것처럼, 이제 오뎀의 육신은 어디에서도 찾을 수가 없었다.

"네놈들은 정녕 사람이길 포기했구나!"

마티엔의 고성에 레막의 몸이 휘청거렸다.

레막의 흑마나가 고성에 담겨 있는 강한 응집력을 지닌 백마나와 만나면서 심장에 충격이 가해진 것이다.

레막은 신음을 흘리긴 했지만 말투는 이전과 달리 여유로웠다.

"나를 공격해 봐야 소용없다. 저놈은 나와는 상관없이 움직일 테니까, 크크."

마티엔은 레막에게서 시선을 거두었다.

어차피 저자는 도망가고 싶어도 도망갈 수가 없었다.

마티엔이 밤하늘에서 땅으로 내려오기 전에 흑마법사들이 은신한 곳을 중심으로 1km가량 결계를 설치했었다.

그리고 살아남은 흑마법사가 둘뿐이라는 것을 확인하고선 결계의 크기를 100m로 줄여 놓은 상태다.

레막이 6서클 흑마법사라고 할지라도 자신이 만든 결계를 뚫고 나갈 순 없었다.

마티엔은 오템을 제물 삼아 소환된 맹수를 바라보았다.

생긴 것은 영락없이 늑대다.

그것도 거대한 늑대.

머리에서 꼬리까지 재 본다면 3m가 넘어 보인다.

마티엔의 시선이 늑대의 눈에 닿았다.

온통 붉게 물들어 있었다.

눈 전체가 붉은색이었기에 어디를 보고 있는지를 파악하기 어려웠다.

그때였다.

늑대가 상체를 일으키고 뒷다리 2개로 중심을 잡고 섰다.

크르르.

작게 늑대 울음이 들리는 듯하더니 마티엔을 향해 사납게 포효했다.

크앙!

포효와 함께 늑대의 주변으로 붉은 안개가 생성됐다.

안개는 늑대의 몸을 뒤덮고 있는 털끝에서 흘러나오고 있었다.

늑대의 회색 털을 자세히 살펴보면 털이 아님을 알게 된다. 늑대의 몸을 뒤덮고 있는 것은 털이 아니라 바늘처럼 가느다란 촉수였다.

촉수에서 흘러나온 붉은 안개는 늑대 주변에 머물러 있다가 뱀처럼 꿈틀거리며 마티엔을 향해 빠르게 날아갔다.

붉은 안개가 지나간 자리에 있던 풀들이 급격하게 시들었다.

레막은 붉은 안개가 마티엔을 집어삼키자 웃음을 터트렸다.

"크하하하! 저놈이 내뿜는 독은 마법도 녹여 버릴 정도로 강력하지. 네놈이 아무리 대단하더라도 그 독을 완전히 막아내진 못할 것이다."

마티엔을 집어삼킨 붉은 안개가 느닷없이 돌기 시작했다.

"응?"

레막이 고개를 갸웃거릴 때였다.

마티엔의 발끝에서 회오리바람이 생성되어 붉은 안개를 하늘로 날려 버렸다.

"마법을 녹이기 전에 날려 버리면 그만이지."

마티엔의 말이 끝남과 동시에 늑대 주변에서 회오리바람이 생성되었다.

늘대를 덮고 있는 촉수가 뿜어내는 붉은 안개를, 방금과 같이 하늘로 날려 보내고 있었다.

어둠에 가려져 있었지만 붉은 회오리바람이 만들어졌다.

회오리바람은 끝이 보이지 않을 정도로 하늘 높이 솟구쳤다.

늘대는 회오리바람에서 벗어나려고 했지만 역부족이었다.

순간 얼굴에 당혹감이 떠올랐지만 레막은 이내 웃음을 터트렸다.

"결국 네놈도 우리와 다를 바가 없다. 저놈이 내뿜고 있는 것은 순수한 독이다. 흑마나 공급이 끊어진다고 사라지는 것이 아니란 말이지. 하늘로 날려 보낸 독은 결국 어디론가 떨어질 것이고 수많은 생명체를 없애 버릴 것이다. 그중엔 인간도 있을 테고 말이야."

"그걸 생각하지 못했을 것 같나?"

"크크, 알고 그랬다면 더욱 좋지. 네놈도 결국 위선자라는 것을 증명하는 꼴이니까. 생명이 어쩌고 했지만 네놈이 살아남겠다고 수많은 인간을 죽음으로 몰아넣은 것이 아니냐."

"자네가 말한 일은 일어나지 않을 것이다. 하늘로 올라간 독은 내려오지 못할 테니까."

레막이 코웃음 쳤다.

"흥! 개소리도 기가 차게 하는군."

마티엔이 손가락으로 하늘을 가리켜 말했다.

"그대는 저 하늘 너머에 뭐가 있는지 알고 있나?"

"하늘이면 하늘이지, 그 너머에 뭐가 있단 말이냐. 위선자라는 것을 들켜 당황한 것이냐? 변명을 하려면 그럴듯하게 해야지."

레막의 비난에도 마티엔은 표정 변화 없이 담담히 말했다.

"태초의 마법사께서 말씀하셨다. 하늘 너머에 있는 것은 혼돈이라고 말이야. 하늘은 혼돈을 막아 주는 방패와도 같은 것이다."

레막은 마티엔의 말을 이해할 순 없었지만 불길함은 느낄 수 있었다.

"그대들이 만든 것들이 무엇이든 간에 이 세상에 있어 봐야 하등 도움되는 것들은 아닐 테지."

마티엔의 말이 이어질수록 레막의 불길함은 더욱 깊어 갔다.

레막은 늑대에게 소리쳤다.

"어서 빠져나와!"

늑대는 회오리바람에서 벗어나려고 발버둥 쳤지만 소용없는 짓이었다.

"대자연의 진리에 따라 태어난 존재가 아니라면 혼돈 세상으로 가야 하는 것이 맞겠지."

늑대가 회오리바람을 타고 떠올랐다.

점점 하늘로 올라가고 있었다.

"어, 어······!"

레막은 믿을 수 없다는 표정으로 늑대가 밤하늘 속으로 사라지는 것을 바라보았다.

현실처럼 느껴지지 않았다.

2대에 걸쳐, 100년이 넘는 시간을 쏟아부어 만들어진 최종 실험체가 밤하늘로 사라졌다.

레막은 멍하니 밤하늘을 바라보다가 떨리는 목소리로 마티엔에게 물었다.

"무슨 짓을 한 거지?"

"하늘 너머에 있는 혼돈의 세계로 날려 보냈다."

"개소리 지껄이지 말고 사실대로 말해!"

"말하지 않았나, 하늘 너머에 있는 혼돈으로 보냈다고."

레막은 바닥에 주저앉아 밤하늘을 바라보며 중얼거렸다.

"말도 안 돼."

내가 가야 할 이유

수염 고래 마을 부두.

제국, 그러니까 북부 코렌스와 교류를 시작하면서, 수염 고래 마을에 있던 유일한 부두는 이제 더 이상 유일한 부두라 부를 수 없게 되었다.

새로운 부두가 만들어지면서 수염 고래 마을에는 2개의 부두가 자리를 잡았고, 사실상 항구를 보유한 것이나 다름이 없었다.

부두 인근에 조선소까지 갖추고 있다는 점을 감안한다면 수염 고래 마을은 요정 대륙에서 가장 발달한 항구를 가지고 있는 셈이었다.

요정 대륙뿐만이 아니다.

제국을 뒤져 봐도 오랜 해금령으로 인해 수염 고래 마을과 같은 항구를 찾기는 힘들 것이다.

즉 현시점의 포킹덤 세계관에서 가장 크고 발달한 항구가 있는 곳이 바로 수염 고래 마을이다.

여기서 짚고 넘어가야 할 것은 조선소의 규모다.

수염 고래 마을 조선소는 평평한 해안가에 필요한 자재를 쌓아 두고 10여 채의 건물과 간이 독을 세워 놓은 것이 전부였다.

특이한 점을 꼽으라면 인간과 하이오크, 노움이 한데 어우러져 일한다는 점일 것이다.

배를 만들던 자들이 점심을 먹고서 휴식 시간을 가졌다.

"저긴 쉴 틈이 없네."

인간 청년의 말을, 얼굴에 주름이 가득한 늙은 하이오크가 받았다.

"일정을 맞추려면 어쩔 수 없겠지."

"내일 출발한다고 했죠?"

늙은 하이오크가 환하게 미소 지으며 답했다.

"그래. 우리 조가 마지막이지."

"부럽네요."

"역시 자넨 젊군. 나처럼 나이가 들면 낯선 곳으로 가는 것이 쉽지 않지."

"낯선 곳이라곤 하지만 바다를 건너면 친구들과 동료들이

있지 않습니까. 배를 타는 녀석들에게 들어 보니 요정 마을이
라는 곳도 꽤 좋다던데요."

늙은 하이오크가 어깨를 으쓱했다.

"나도 그렇게 듣기는 했지만 가 봐야 알지. 그리고 사람마
다 느끼는 바가 달라서 적응하지 못할 수도 있네."

"그렇긴 하네요. 그런데 이번에 실리는 건 상자가 다 같네
요."

요정 마을로 향하는 배에 실린 짐들은 지금까지 아주 다양
했다.

호빗이 생산한 식량, 향신료, 술을 시작으로 노움이 만든
유리와 장식품, 옷감 등 매우 다채로웠다.

다양한 물건만큼이나 그것을 담는 상자의 크기도 제각각
이었는데 이번엔 상자의 크기가 일정했다.

"이번에 실리는 것은 노움이 만든 화폐일세."

"돈 말입니까?"

"그래. 바다 건너에 있는 네르한이 노움에게 동화, 은화,
금화를 만들어 달라고 했다더군."

인간 청년이 깜짝 놀랐다.

"배 4척에 실리는 것들이 전부 돈이란 말입니까?"

"노움에게 듣기론 그렇다더군."

"어마어마하군요. 그런데 뭔가 이상한데요. 금화 같은 건
그쪽에서도 얼마든지 만들 수 있을 텐데요."

"특별하게 만든 화폐라고 하더군."

"뭐가 특별하단 말입니까?"

인간 청년이 호기심을 보이자 늙은 하이오크가 노움에게 들었던 말을 해 주었다.

"화폐 끝을 톱니 모양으로 만들었다고 했던 것 같아."

"그걸 왜 그렇게 했답니까?"

"낸들 아나."

늑대송곳니는 걸음을 옮기며 수염 고래 마을을 살폈다.

마을은 이전보다 더욱 커졌다.

인구가 늘어난 것이 아니라 마을 해안가가 확장된 탓에 이전보다 커 보이는 것이다.

해안가에 새롭게 들어선 건물은 조선소 내지는 부두와 깊은 관련이 있었다.

노움과 하이오크가 몰려들면서 그들이 머물 곳이 필요했기 때문이다.

늑대송곳니는 해안가를 눈에 담으며 마을 중심부에 있는 광장으로 올라갔다.

많은 인간 사이에서 장성한 인간보다 머리 하나 반쯤은 더 큰 늑대송곳니는 유독 특별해 보였다.

눈에 띄다 못해 돋보이는 늑대송곳니였지만, 마을 사람들은 큰 관심을 보이지 않았다.

광장에 도착한 늑대송곳니는 아무런 망설임도 없이 2층 건물 문을 열었다.

"늦었군."

2층 건물 안으로 들어선 늑대송곳니를 반긴 것은 뭉툭한 코를 지닌 노인이었다.

백발을 묶어 말총머리를 한다면 늙은 설리반이라 불러도 손색이 없었다.

늑대송곳니를 반긴 노인의 정체는 설리반의 할아버지이자 수염 고래 마을 전대 촌장이었던 홀겐이다.

"부두를 지켜보느라 좀 늦었습니다."

"부두는 왜?"

"짐 상자의 크기를 동일하게 하는 것이 얼마나 큰 효과가 있을지 궁금해서요."

홀겐이 턱수염을 쓰다듬었다.

"확인해 보니 어떻던가?"

"짐꾼들의 이야기를 한번 들어 보면 이전보다 편하다고 합니다."

"황제가 제안했다고 했지?"

"네. 네르한이 생각해 낸 것입니다."

"여러모로 놀라운 분이시군."

홀겐은 황제가 어떠한 사람인지 나름대로 가늠해 보려다가 고개를 저었다.

황제에 대한 평가는 만나 본 뒤에 해도 늦지 않을 것이다.

홀겐은 늑대송곳니에게 이어서 말했다.

"내 듣기로는 다시 전투가 시작되었다고 하던데, 족장이 자리를 비워도 되나?"

"요즘 젊은 전사들이 의욕에 불타오르고 있습니다. 독수리발톱을 중심으로 똘똘 뭉쳐 다니면서 휘젓고 있는 터라 제가 나설 일은 딱히 없더군요."

"그놈이 이렇게 빨리 철이 들 줄은 몰랐군."

"요정 마을을 다녀온 것이 여러모로 큰 도움이 된 것 같습니다."

"제국이 뭔가 달라도 다른 모양이야. 그곳만 다녀오면 고민거리가 하나씩 풀리니 말이야."

"저도 신기합니다. 골치 아픈 일로 네르한을 찾아가면 매번 좋은 해결책을 제시해 주니까요."

"그래서 더욱 뵙고 싶네."

늑대송곳니가 걱정스러운 눈빛으로 홀겐을 바라보았다.

"정말 가실 생각이군요."

"당연하지. 황제의 부름을 무시할 순 없지."

"굳이 가실 필요가 있겠습니까. 항로를 확보하긴 했지만 험한 길입니다."

"자네가 말하지 않았나. 황제가 원하는 것은 수염 고래 마을과 같은 곳을 책임질 사람이라고 말이야."

"지원자가 없는 것도 아니지 않습니까. 거기서 실력 있는 자들을 뽑으면 될 것 같은데요."

"황제가 처음으로 우리를 불렀네. 가장 좋은, 완숙에 이른 자들을 보내야 할 것이지만 그들은 여길 다스려야 하지. 그렇다고 어린것들을 보냈다가는 경험 부족으로 실수가 생기겠지. 자네 부족처럼 은퇴한 자들이 가는 것이 맞네. 적어도 이번엔 말이야."

늑대송곳니도 네르한의 말이 옳다는 것은 알고 있었다.

하지만 뭔가 찜찜했다.

"맞는 말이죠. 그런데 홀겐 님께서 자신이 요정 마을로 가야만 하는 당위성을 억지로 만들고 있는 것 같다는 생각이 자주 드는 이유는 무엇일까요?"

홀겐은 담담하게 한마디 내뱉었다.

"착각일세."

에낙스는 태어나서 처음으로 하늘산맥 너머에 있는 제국 땅을 밟았다.

코렌스도 제국의 일부이기는 했지만 진정한 의미의 제국

은 서부 지역부터였다.

황제가 오기 전, 하늘산맥을 건너가서 자리를 잡고 사는 것이야말로 북부 코렌스의 백성들 인생 최대의 목표이자 꿈이었다.

어쩌면 불가능했기에 더욱 간절했는지도 모른다.

그러나 황제가 북부 코렌스에 자리를 잡으면서 많은 것들이 달라졌다.

에낙스도 황제가 오기 전까지만 하더라도 코렌스를 벗어나는 것이 꿈이었다.

꿈에 그리던 일이 현실이 되었지만 에낙스는 생각보다 빨리 차분함을 되찾았다.

하늘산맥을 막 벗어났을 때만 하더라도 심장이 요동치긴 했다.

하지만 아네스로 향하는 길에 줄곧 들었던, 귀족들이 다스리는 영지를 접하고선 떨리는 마음이 빠르게 가라앉았다.

코렌스보다 못한 곳이 수두룩했다.

물론 제국 서부 지역의 대도시는 에낙스의 입에서 탄성이 터져 나올 만큼 거대하긴 했지만 그것을 제외하고는 특별한 것이 없었다.

마음을 가라앉힌 에낙스는 상단의 책임자로서 해야 할 역할에 충실했다.

동행한 라칸과 함께 영주 성을 방문해 인사를 올렸다.

앞으로 지속해서 상행을 해야 했기에 안면을 트기 위함이
었다.

그러나 두 사람은 영주와 만나지 못했다.

서부 지역 귀족들 대다수가 반란군 토벌에 나섰기 때문이
다.

에낙스는 영주가 아닌 영주의 대리인이나 영주의 부인, 영
주의 아버지를 만나서 인사를 올리고 선물을 전달했다.

영주가 아닌, 그를 대신하고 있는 자일 뿐이라 해도 에낙
스의 입장에서는 똑같이 부담스러웠다.

무엇이든 처음이 힘든 법이다.

영주 대리인들을 만나 선물을 전하고 인사를 올리는 것이
반복되자 에낙스는 이것이 생각보다 어려운 일이 아님을 알
게 되었다.

라칸의 도움이 있기도 했고, 무엇보다 바라는 것 하나 없이
선물을 주는 입장이었기에 쉽사리 부담을 떨쳐 낼 수 있었다.

이렇게 아네스에 도착한 에낙스는 곧바로 태양의 눈길 경
매소를 찾았다.

로인에게 페톰을 찾아가면 도움을 받을 수 있을 것이라는
말을 들었기 때문이다.

또한 로인과 셀비의 서신을 페톰에게 전달하기도 해야 했
다.

경매소에 도착한 에낙스와 라칸은 환대를 받았다.

기분 좋은 환대였지만 로인이 말한 페톰은 만날 수가 없었다.

페톰이 둘을 피하는 것이 아니라 아네스가 아닌 로강에 머물고 있었기 때문이다.

도린이 이끄는 토벌군이 승승장구하여 중부 지역으로 들어서게 되면서 로강은 보급기지가 되었다.

토벌군 보급관이 바로 페톰이다.

좋든 싫든 그는 로강에 머물러 있어야 했다.

결국 두 사람은 페톰이 올 때까지 경매소에서 기다리고 있어야 했다.

그나마 다행이라면 아네스와 로강이 그리 멀지 않다는 사실이었다.

에낙스와 라칸이 숙소를 배정받고 페톰을 기다리고 있을 때, 노리스라는 이름의 신관이 찾아왔다.

노리스는 두 사람에게 인사를 건넨 뒤에 곧바로 물었다.

"언제 출발하면 됩니까?"

에낙스와 라칸으로선 당황스러운 일이었다.

느닷없이 태양 신 교단의 신관이 찾아와 대뜸 질문을 던졌고, 그 질문 내용도 둘로서는 알 수가 없었기 때문이다.

에낙스와 라칸은 서로 눈으로 말했다.

아는 것이 있으면 어서 대답해 주라고 말이다.

두 사람이 당황하면서 대답하지 못하자 노리스가 한숨을

내뱉었다.

"후우, 폐하께서 보내신 분들이 아닌 모양이군요."

"저흰 코렌스에서 활동하는 상단입니다. 폐하께서 허락해 주셔서 여기까지 오긴 했지만 신관님에 대해선 들은 바가 없습니다."

에낙스의 대답에 노리스가 고개를 숙였다.

"죄송합니다. 계속 기다리고 있었던 처지인지라 두 분께 실수를 한 것 같습니다."

에낙스는 손을 저었다.

"아닙니다. 계속 기다리고 계셨다면 충분히 그럴 수 있는 일입니다. 더구나 오해할 수도 있을 테고요. 폐하의 연락을 기다리실 때 저희가 도착했으니 말입니다."

"이해해 주셔서 감사합니다."

"무슨 일인지 알려 주신다면 제가 아는 선에서 말씀드리겠습니다."

노리스가 잠시 고민하다가 입을 열었다.

"죄송합니다. 교단과 관련된 일이라 제가 함부로 말씀드리기가 어려울 것 같습니다."

"그렇다면 어쩔 수 없군요."

지금까지 듣고만 있던 라칸이 끼어들었다.

"오틀라스에서 오셨습니까?"

노리스가 라칸에게 시선을 옮겨 답했다.

"그렇습니다."

라칸은 무엇인가 기억이 났다는 듯이 손뼉을 치며 물었다.

"혹시 기네스를 만나셨는지요?"

노리스는 아는 이름이 언급되자 표정이 크게 밝아졌다.

"기네스 님을 알고 계십니까?"

"예전에 한번 얼굴을 본 적은 있지만 깊은 이야기를 나누어 본 것은 아닙니다."

에낙스는 라칸과 노리스가 자신이 모르는 이야기를 나누자 자리에서 일어나며 말했다.

"이분은 폐하를 오랫동안 모셔 온 사람입니다. 근위 기사단장님께서 아끼시기도 하고요. 제가 자리를 비켜 드릴 테니, 편히 이야기를 나누어 보시죠."

절대 안 해!

익스는 마티엔이 요새로 돌아온 것을 확인하고 곧바로 아네스에 사람을 보냈다.

산속의 아침은 쌀쌀한 편이었지만 쓰러진 병사들과 근위병들을 챙기느라 바삐 움직인 탓인지 춥게 느껴지지 않았다.

요새에 직접적인 피해는 없었지만 챙겨야 할 것들이 한두 가지가 아니었다.

마티엔이 흑마법사들을 모두 물리쳤다고 해도 혹시 몰라 수색대가 조직되어 요새 아래로 내려갔다.

익스는 나머지 뒷수습은 알베스에게 일임하고서 후원에서 마티엔을 맞이했다.

"고생했네."

"폐하께 송구스러울 뿐입니다. 소신이 괜한 고집을 부려 공연히 일을 크게 키운 것 같습니다."

흑마법사의 습격을 예측하고 그에 대한 대책을 논의했을 적에 익스는 마티엔에게 적극적으로 나설 것을 주문했다.

흑마법사들이 아무것도 하지 못하게, 재빨리 제압하길 원했던 것이다.

그들에게 기회를 주었다가는 생각지도 못한 희생이 발생할 수도 있었기 때문이다.

무엇보다 마티엔의 실력이라면 흑마법사들을 쉽게 제압하는 것이 가능했다. 그러나 마티엔은 흑마법사를 만나 보고 싶다는 뜻을 밝혔다.

서로 추구하는 바는 다르지만 그래도 같은 마법사로서 용서받을 기회를 주고 싶다고 했다.

익스는 속으로 '사람은 고쳐 쓰는 게 아니라고 했는데.'라는 말을 중얼거리긴 했지만 마티엔의 뜻을 받아들였다.

마티엔이 고개를 숙인 것은 그때의 일 때문이었다.

"시끄럽긴 했지만 잘 마무리되지 않았나."

"소신이 과하게 손을 쓴 탓에 하늘 길 요새로 오르는 길이 엉망이 되어 버렸습니다. 살아남은 자도 둘뿐이었습니다."

"엉망이 된 것은 정리해서 작은 요새나 검문소 같은 것을 만들면 되니까 신경 쓸 것 없어. 그것보다 살아남은 자가 둘이라니? 자네가 감옥에 가둔 자는 하나뿐이지 않나."

"소신의 방심으로 인해 감옥에 갇혀 있는 자가 동료를 제물로 삼아 버렸습니다."

"제물?"

마티엔은 요새 아래에서 있었던 일을 설명했다.

한참 이야기를 듣던 익스가 마티엔의 말을 가로막고 물었다.

"잠깐! 지금 하늘 밖으로 날려 보냈다고 했나?"

"그렇습니다. 하늘 너머는 혼돈의 세상입니다. 그곳으로 날아간 이상, 다시는 제국 땅을 밟을 수 없을 것입니다."

익스는 기겁할 수밖에 없었다.

마티엔의 말을 해석해 보자면 회오리바람으로 흑마법사가 만든 키메라와 독을 우주로 날려 보냈다는 말이 된다.

'우주로 날려 보내는 것이 가능하다고?'

익스는 깊게 생각하지 않기로 했다.

어차피 포킹덤은 작가가 만든 세계관이다.

마티엔이 이토록 강한 것도 작가가 그렇게 설정했기 때문이 아니겠는가.

공간 이동도 하는 마당에, 키메라 1마리를 우주로 날려 보낸 것이 이상할 리 없었다.

익스는 마티엔이 규격 외의 존재라는 것을 다시 한번 실감하며 이어지는 그의 말에 집중했다.

"키메라가 사라지자 살아남은 흑마법사가 허탈하게 주저

앉았습니다. 소신은 그자를 제압해 심장의 서클을 파괴했습니다."

"서클이 파괴되었다면 이제 마법을 사용할 수 없겠군."

"마법사로서의 생명은 끝난 것이나 다름없습니다."

"그자를 심문할 자를 따로 찾아봐야겠군. 이참에 고양이 눈동자 길드에 대해서 샅샅이 파헤쳐 보자고."

흑마법사들이 만든 고양이 눈동자 길드.

익스는 이들의 존재를 알고 있었지만 샅샅이 파악하고 있는 것은 아니었다.

포킹덤에서 고양이 눈동자 길드가 언급되긴 했으나 은밀하게 움직인다는 설정 때문인지 이렇다 할 설명이 없었다.

이번에 사로잡은 잡은 자는 흑마법사 중에서 꽤나 높은 위치에 있을 것이라 하였다.

그런 자에게서 정보를 얻어 낸다면 작가 녀석이 고양이 눈동자 길드를 어떻게 설정해 놓았는지 알 수 있으리라.

"폐하, 송구하옵니다만 이번에 사로잡은 흑마법사의 목숨이 얼마 남지 않았습니다."

마티엔의 말에 익스는 의아해했다.

"짐이 자세히 살핀 것은 아니지만 넋이 나간 것을 제외하곤 멀쩡하였어. 설마 서클이 파괴되어 그런 것인가?"

"서클이 파괴되면 목숨을 잃는 경우도 있긴 하지만 그것과는 관련이 없습니다."

"그것도 아니라면 무슨 일이란 말인가?"

"흑마법사가 겉으로 보기에는 젊어 보이나 실제로는 노령입니다."

"그렇지 않아 보이던데."

"키메라 마법으로 젊음을 유지하고 있었던 것입니다. 소신에 의해 서클이 파괴되면서 자신의 몸에 걸어 두었던 마법들이 무너졌고, 그에 따른 후유증이 심각한 수준입니다."

노령에도 젊음을 유지할 수 있다는 말에 익스가 큰 관심을 나타냈다.

"키메라 마법이라는 것은 참으로 신기하구나."

마티엔이 얼굴을 굳히며 흑마법사들이 키메라 마법을 어떻게 사용했는지 설명해 주었다.

그 설명이 이어질수록 익스의 표정도 마티엔처럼 굳어져 갔다.

"그자는 젊음을 유지하고 강력한 힘을 얻고자 다른 이의 육체를 강제로 연결했습니다. 간단히 설명해 드리자면, 건장한 사내의 팔을 잘라 자신의 팔과 교체한 것이라 보시면 됩니다. 팔다리뿐만 아니라 장기도 교체했습니다. 눈도 마찬가지고요."

"미친놈이군."

익스의 거친 소리에 마티엔도 동의한다는 듯 고개를 끄덕였다.

"그자를 치료하는 것이 불가능하지는 않지만, 그럴 만한 가치가 있는 자가 아닙니다."

"살려 두어선 안 될 자로군. 그래도 길드에 대한 정보를 얻을 때까지는 목숨을 붙여 놓는 것이 좋을 것 같은데."

"쉽사리 입을 열지 않을 것입니다. 이에 소신은 강제로 그자에게서 정보를 빼내고자 합니다."

"고문을 생각하는 건가?"

"마법을 이용해 그자의 기억을 강제로 읽어 낼 생각입니다. 다만 저항할수록 고통이 심해지고, 심한 경우엔 뇌가 녹아내리는 부작용이 생길 수도 있습니다."

"하게. 살려 둘 가치가 없는 자라면 이것저것 따질 필요가 없겠지."

마티엔은 최대한 많은 정보를 빼내겠다고 대답했다.

에낙스는 아침 일찍 라칸을 찾았다.

오전 중으로 페톰이 도착할 것이라는 소식을 전달받았기 때문이다.

이렇게 말한다면 라칸과 함께 페톰을 만나기 위함이라 여길 것이나, 에낙스의 의도는 그것이 아니었다.

"저기 말이야, 내내 궁금한 것이 있었는데 물어봐도 되겠나?"

"얼마든지요."

라칸의 허락에 에낙스가 바로 물었다.

"자네는 언제쯤 근위 기사로 임명받는 건가?"

"그게 무슨 말씀이십니까?"

"무슨 말이긴. 근위 기사 말일세. 언제 근위 기사로 임명받는지 궁금해서 묻는 것일세."

"무, 무슨 그런 무시무시한 말씀을 하십니까!"

라칸의 고함에 에낙스가 의아한 표정을 지었다.

"숨길 필요 없네. 이미 소문이 파다해. 머지않아 자네가 근위 기사로 임명받을 것이라고 말이야."

"그런 말씀 마십시오. 전 절대! 절대로 근위 기사가 될 생각이 없습니다."

에낙스는 라칸의 반응을 이해할 수 없었다.

제국에서 근위 기사는 황제에게 기사 작위를 받은 자를 뜻한다. 그런 의미에서 근위 기사는 수많은 기사 중 단연코 첫 번째 손가락에 꼽히는 명예로운 자리였다.

물론 제국이 번영하던 시절과는 비교할 수 없겠지만, 그렇다 할지라도 근위 기사라는 타이틀을 가진다면 출세는 보장된 것이나 마찬가지였다.

근위 기사 출신이라면 어디를 가든 좋은 대우를 받을 수 있었으니까.

운이 좋으면 영지를 하사받을 수도 있다.

극히 드문 일이었지만.

어쨌든 근위 기사라는 것은 사실상 준귀족이라 보아도 무방했다.

"다들 못해서 안달인 것을 어찌 그리 거부하는 건가?"

"근위 기사가 되려면 알베스 님의 훈련을 통과해야만 합니다. 그걸 통과하느니 안 하는 것이 낫죠. 저는 절대 할 생각이 없습니다."

"이보게. 근위 기사야. 그런 자리를 고작 훈련이 힘들다는 이유로 포기한다는 것이 말이 되는가!"

"고작이라니요! 뭘 몰라서 그런 말을 할 수 있는 겁니다. 알베스 님의 훈련이 얼마나 지독한데요. 그건 인간이 견뎌 낼 수 있는 수준이 아닙니다. 그야말로 지옥이라고요, 지옥!"

라칸은 두 손으로 탁자를 내리치면서 자리에서 벌떡 일어났다.

에낙스가 라칸을 진정시켰다.

"알았네, 알았어. 내 앞으로 근위 기사의 근 자도 꺼내지 않을 테니까 진정하게."

라칸도 자신이 너무 흥분했다는 것을 깨닫고 헛기침을 내뱉으며 다시 자리에 앉았다.

"크흠, 죄송합니다. 제가 지나치게 흥분한 것 같군요."

"나도 앞으로 그 이야기는 꺼내지 않겠네. 그것보다 자네들 말일세, 짝은 어찌할 생각인가?"

"짝이라니요?"

"근위대를 이끌고 있는 자네 친구 말일세."

"자반을 말씀하시는 것이군요."

"그 친구뿐만 아니라 폐하와 함께했었던 병사들이 마을 경
비대장으로 활동하고 있지 않은가."

"그렇긴 합니다만 그게 짝이랑 무슨 상관이란 말입니까?"

"이쯤 되면 눈치를 챘어야지. 자네들이 어찌 아직도 혼자인
지 알겠구먼. 이렇게 눈치가 없어서. 결혼 말일세. 결혼은
해야 하지 않겠나."

"겨, 결혼요?"

현재 익스와 함께하고 있는 자들은 모두 선대 황제와 인연
이 있었다. 그들은 2명의 황제를 모신 이들이었다.

끝없이 이어지는 암살의 위협으로부터 두 황제를 보호하
는 것은 물론이고, 권력을 탐하는 이들로부터 황제를 지키기
위해 야반도주를 한 적도 셀 수 없이 많았다.

이런 상황에서 가정을 꾸린다는 것은 어림도 없는 일이었
다.

"그래. 자네들을 탐내는 자들이 제법 많거든."

"저희를 말입니까?"

"당연하지 않은가. 자네들은 황제 폐하께 두터운 신임을 받
고 있는 자들이 아닌가. 코렌스에 적을 둔 자들에게 있어서

자네들은 일등 신랑감이야."

라칸은 부끄러운지 헛기침을 내뱉었다.

"크, 크흠."

"자네, 나이가 올해 몇이라고 했지?"

"스물여덟입니다."

"늦어도 한참 늦었군. 자네 부모님을 위해서라도 얼른 결혼해야겠어."

"아직 모르고 계셨군요. 저희는 가족이 없습니다."

"그게 무슨 소린가?"

"저희는 모두 고아입니다. 선대 황제 폐하께서, 버려지고 굶주린 아이들을 데려와 보살펴 주셨던 겁니다."

에낙스는 생각지도 못한 답변에 당황하고 말았다.

"미, 미안하네."

"그리 당황하실 필요 없습니다. 부모에게 버림을 받았지만 선대 황제 폐하께서 어여삐 여겨 주셨으니까요."

"어쨌든 결혼하는 것이 어떻겠나?"

"음, 글쎄요."

라칸은 곰곰이 생각해 보았다.

이젠 가정을 꾸려도 될 것 같기도 했다.

황제가 코렌스를 기반으로 무너져 내린 제국을 다시 세울 것이라는 뜻을 밝혔으니까. 이전처럼 야반도주해야 할 상황은 만들어지지 않을 것이다.

라칸이 이렇다 할 대답을 하지 못하고 있었음에도 에낙스는 결혼 설득을 포기하지 않았다.

"자네가 생각이 있다면 내가 중매를 서도록 하겠네."

"괜찮을지 모르겠군요."

"괜찮아. 아까도 말했지만 자네들은 일등 신랑감이야. 코렌스에 있는 수많은 젊은 처자들이 자네들을 만나 보고 싶어서 안달이라니까. 딸을 가진 아버지들은 자네들 같은 사위를 얻기 위해서 눈에 불을 켜고 있고."

"그렇게 말씀하시니 더욱 부담스럽습니다."

"이번에 복귀하면 내가 자리를 마련하지."

"아닙니다. 그러실 필요 없습니다."

"그냥 만나 보기나 하게. 만나 보고 아니다 싶으면 그만두면 되지 않겠나."

에낙스는 라칸이 거의 다 넘어왔음을 느꼈다.

조금만 더 설득하면 고개를 끄덕일 것 같았지만, 그때 생각지도 못한 방해꾼이 나타났다.

그리고 그 시각 아네스로 빠르게 다가오는 자들이 있었다.

하나는 익스가 보낸 전령이었고, 다른 하나는 익스를 만나려는 자들이었다.

두 평가 조사관의 분노

나무노래성이 자리 잡은 언덕을 중심으로 숲이 있는 서쪽을 제외한 남, 북, 동쪽은 빠르게 개발되고 있었다.

가장 눈부신 성장을 보여 주고 있는 곳은 동쪽이었다.

현재 동부 지구라 불리는 곳의 중심은 누가 뭐라 하여도 물품 거래소였다.

익스는 개조를 거친 탑에 올라와 있었다.

탑에는 이전보다 2배 이상 넓은 공간이 마련되었다.

지붕에 유리 창문까지 만들어 놓은 터라 마치 빌딩 꼭대기 층에 올라 내려다보는 느낌이었다.

유리 창문 이야기가 나온 만큼 언급하고 넘어가야 할 것이 있다.

이번에 이루어지는 나무노래성 증축 및 개조에서 가장 먼저 사람들의 눈을 사로잡은 것은 유리 창문이었다.

성벽은 이전과 마찬가지로 투박했지만 성벽 안쪽은 이전과 완전히 달라졌다.

말이 증축 및 개조지 사실상 뼈대만 남기고 모든 것을 새롭게 만든 것이나 다름없었다.

달라진 나무노래성을 살펴보면 이번 공사를 주도한 노움의 기술력에 절로 감탄이 흘러나온다.

'집무실을 여기로 옮겨?'

익스의 고민은 오래가지 않았다.

엘리베이터가 있다면 모르겠지만 여기까지 오르는 것은 만만치 않은 일이었다.

아파트 10층 높이의 탑을 매번 오르내리긴 힘들었다.

'운동 삼아서 해 볼까?'

하고자 하면 못 할 것도 없지만 익스가 자신의 집무실을 탑 꼭대기로 옮긴다면 신하들의 원성이 자자해질 것이다.

예를 들어 익스에게 급히 전달할 사항이 있다고 하자.

익스가 탑 꼭대기 집무실에 있다면, 소식을 전달하는 사람은 그야말로 죽을 맛일 것이다.

집무실을 생각하던 익스의 귓가로 우렁찬 목소리가 파고들었다.

"언덕 전체를 개발할 생각이오."

나무노래성 증축 및 개조를 책임지고 있는 첫 번째 망치 부족의 노움 로사르의 말에 익스가 걱정스럽게 물었다.

　"굳이 그럴 필요가 있겠습니까. 경사진 곳을 개발하려면 손이 많이 갈 텐데요."

　"성이 있는 언덕이 높기는 하지만 원만하게 솟구친 형태라서 계단식 형태로 개발한다면 얼마든지 가능하오."

　"언덕 서쪽은 어떻게 하실 겁니까? 숲이랑 연결된 곳이라 개발이 쉽지 않을 텐데요."

　"아름다운 숲을 망가트린다는 것은 크나큰 죄악이오. 숲을 최대한 살펴보고 성과 어우러지게 만들어 보겠소. 이건 성 서쪽의 개발 방향을 설명하고자 만든 임시 설계도요. 확인해 보시구려."

　익스는 로사르가 탁자에 펼친 설계도를 보았다.

　나무노래성의 서쪽 지역만 그려진 설계도는 임시라고는 하지만 개발 방향을 잘 보여 주고 있었다.

　로사르의 개발 방향을 한마디로 표현하자면 거대한 공원이었다.

　서쪽에 있는 바람막이 산과 나무노래성으로부터 시작되는 도시 사이에 마련된 숲.

　익스는 자연스럽게 미국의 센트럴파크를 떠올렸다.

　"이왕이면 성의 규모를 키워서 숲을 둘러싸도 괜찮을 것 같군요. 숲을 중앙에 놓고 사람들이 살아간다면, 이 숲은 숲이 아니라 공원이 되지 않겠습니까."

익스의 말에 로사르가 눈을 동그랗게 뜨고 침을 꿀꺽 삼켰다.

"그, 그런 방법이 있었구려. 이 거대한 숲을 공원으로 만들겠다니, 역시 네르한의 배포는 남다르구려."

"숲을 공원으로 만들고자 한다면 시간이 오래 걸리겠죠?"

"음, 거대한 숲을 둘러싸려면 하이오크의 도움이 있더라도 최소 10년은 잡아야 할 것 같소."

"10년이라는 시간이 길긴 하지만 천천히 하나씩 해 나가면 되지 않겠습니까."

"네르한은 나에게 어려운 일을 맡기는구려."

로사르의 말만 들으면 힘들어 죽겠다는 것 같지만 표정은 전혀 달랐다.

눈을 번뜩이며 얼굴에 열기가 오른 것이, 의욕에 불타고 있음이 분명해 보였다.

로사르는 나무노래성 증축 및 개발 계획을 새롭게 수립할 필요가 있다면서 탑을 내려갔다.

입에서는 계속 '힘들다, 어렵다, 쉬운 일이 아니다.'라는 말이 흘러나왔지만, 표정은 그와 반대였다.

로사르가 나가자 지금까지 지켜만 보고 있던 멕신이 크게 한숨을 내뱉었다.

"소신을 괴롭혔던 이유가 일을 받아 내기 위함이었던 것 같습니다."

"로사르가 자주 찾아온 모양이군."

"성 공사가 막바지에 접어들면서 매일같이 찾아와 온갖 말을 쏟아 냈습니다."

"왜 찾아왔느냐고 물어보지."

"찾아올 때마다 피곤하다는 말을 내뱉는 통에, 소신은 휴식 시간을 챙겨 드려야겠다고만 생각했습니다."

"노움들이 마음을 반대로 표현하는 경우가 있더군. 힘들면 일을 더 할 것이라 말하고, 일하고 싶으면 힘들다 하더군. 이번엔 짐이 커다란 일거리를 던져 주었으니 자네를 괴롭히는 일은 없을 걸세."

"황은이 망극하옵니다."

"이런 게 무슨 황은씩이나 되겠나."

멕신에게서 피곤함이 가득한 목소리가 흘러나왔다.

"폐하께서 성을 비우신 동안 소신을 얼마나 찾아왔는지 모릅니다."

익스는 죽었다 살아났다는 멕신의 표정에 웃음을 짓고서 화제를 돌렸다.

"자! 어서 이야기해 봐. 짐이 성을 비운 동안 무슨 일이 있었는지 말이야."

멕신은 기다렸다는 듯이 그간 있었던 일을 차례대로 풀어 놓았다.

여기서 차례대로라는 단어를 잊어서는 안 된다.

멕신은 익스가 성을 떠난 그날부터 하루 단위로 끊어 업무 보고를 시작했다.

더욱 놀라운 점은 자료도 없이 오로지 기억력에 의존하였음에도 상세한 업무 보고가 이루어졌다는 사실이다.

익스가 멕신의 기억력에 감탄하고 있을 때, 근위병이 손님이 도착했음을 알렸다.

성을 찾은 손님은 남부 코렌스로 내려가 있던 이레사와 파인이었다.

평가 조사관들이 도착했다는 소식에 익스는 탑을 내려갔다.

먼 거리를 달려온 자들에게 탑을 오르게 할 수는 없는 일 아니겠는가.

익스와 마주한 이레사와 파인은 가장 먼저 안부부터 물었다.

흑마법사들이 황제 암살을 시도했다는 소문이 이미 퍼질 대로 퍼진 상태다.

현재 백성들이 알고 있는 내용은 다음과 같았다.

황제는 흑마법사의 습격을 대비해 일부러 요새에서 대기했다.

흑마법사들이 코렌스 안으로 들어서면 백성들이 피해를 입을 수 있기 때문이다.

당연하게도 백성들은 황제의 대범함과 백성을 아끼고 사랑하는 마음을 칭송했다.

그러나 익스는 이러한 칭송이 마냥 기쁘지만은 않았다.

되도록 백성들에게 흑마법사들의 암살 시도 소식을 전하지 않고 싶었던 익스였다.

이유는 간단했다.

흑마법사를 막아 낸 자들이 백마법사였기 때문이다.

백성들의 입장에서는 무시무시한 흑마법사의 습격을 어떻게 막았는지 궁금해할 수밖에 없었다.

이에 대한 확실한 정보를 제공하지 않는다면 헛소문이 생겨날 것이다.

혹시라도 소 뒷걸음치다가 쥐 잡는 격으로 백마법사가 언급되는 순간 일이 골치 아파질 위험이 있었다.

익스가 그리고 있던 그림은 마티엔이 흑마법사들과 힘을 겨루지 않는 것이었다.

최대한 조용히 넘어가길 원했다.

그러나 마티엔은 흑마법사들을 설득하고자 했고, 익스는

준비해 두었던 계획을 변경할 수밖에 없었다.

익스는 백성들에게 흑마법사들을 막아 낸 것은 태양 신 교단의 신관이라 밝혔다.

설사 익스가 이를 알리지 않았더라도 진작 소문이 났을 것이다.

흑마법사를 처리하는 과정이 지나치게 요란했으니까.

무엇보다 요새에는 눈과 귀가 많았다.

근위병들과 병사들에게 입을 다물도록 했지만 누군가는 결국 입을 열기 마련이다.

익스는 이러한 일을 대비해 마티엔과 함께한 백마법사들을 대외적으로 신관이라 밝혔다.

그리고 태양 신 교단이 황제를 지키기 위해서 몰래 신관을 파견한 것이라는 그럴듯한 소문을 요새 내부에 퍼트렸다.

이러한 노력으로 코렌스의 백성들은 흑마법사를 물리친 것이 태양 신 교단이라 믿고 있는 상태였다.

이레사와 파인이 익스에게 다급히 안부를 묻는 것도 이러한 소문을 접했기 때문이었다.

"짐이 이렇게 멀쩡히 살아 있지 않나. 두 눈으로 보고 있으면서 괜찮냐고 물으면 뭐라 대답을 해야 할까?"

이러한 익스의 반응에도 이레사와 파인의 얼굴에는 걱정이 가득했다.

결국 익스는 두 사람에게 요새에서 있었던 일을 적당히 각

색해 풀어놓았다.

태양 신 교단 신관들이 나서서 흑마법사들을 모조리 처리했다고 말이다.

"이게 전부일세. 흑마법사들을 모조리 격퇴했단 말이지. 그러니 그 일은 이쯤에서 끝내고, 본론으로 들어가 보자고. 영지를 살펴보니 어떻던가?"

이레사가 자리에서 일어나 품에서 가죽 주머니를 꺼내 익스에게 공손히 내밀었다.

가죽 주머니는 네모난 모양으로, 성인 남자가 손을 펼친 것보다 조금 더 큰 크기였다.

"12개 영지를 평가한 결과입니다."

가죽 주머니 안에 들어 있는 것은 이레사가 언급했던 영지 평가 결과가 상세히 기록되어 있는 종이였다.

익스가 평가 결과 보고서를 바라보자 파인이 입을 열었다.

"예상보다 평가 결과가 늦어진 것은 일부 영주들이 끝까지 거짓 자료를 제출했기 때문입니다."

익스는 평가 결과 보고서에서 눈을 떼지 않고 물었다.

"보고서 순서에도 뭔가 의미가 있는 것 같군. 자네들의 영지가 가장 위에 있는 것은 무슨 의미인가?"

"보고서 순서는 정확도에 따른 것입니다."

"정확도라면, 자네들이 얼마나 확실하게 영지를 파악했느냐는 것이겠군."

"그러하옵니다."

"가장 마지막에 있는 영주가 자네들을 가장 속 썩인 자일 것이고."

익스는 대답이 들려오지 않자 보고서에서 눈을 떼고서 고개를 들었다.

이레사와 파인의 얼굴이 잔뜩 일그러져 있었다.

보고서 마지막 장에 있는 영주가 어지간히도 괴롭힌 모양이다.

"자네들의 반응으로 유추해 보자면 매우 골치 아픈 자인 것 같군."

이를 가는 파인을 대신해 이레사가 한숨을 내쉬며 말했다.

"스스로 영지 평가서를 작성토록 했더니, 자신의 영지 가치가 2만 골드라 주장하였습니다."

"지금 2만 골드라고 했나?"

"그렇습니다."

익스는 자신의 귀를 의심했다.

"정말 2만 골드라고 했단 말인가?"

"나중에 다른 말을 할 것 같아서 영주들이 직접 작성한 영지 평가서를 챙겨 왔습니다."

익스에게 익숙한 대한민국의 원의 개념으로 2만 골드를 따진다면 한화로 대략 2조에 달하는 어마어마한 금액이었다.

"정말 미쳤다는 말밖에 안 나오는군."

파인이 이를 악물고 대답했다.

"거기서 끝이 아닙니다. 어처구니없는 영지 평가서를 받고 서 소신이 직접 영지를 방문하였습니다. 직접 영지를 실사하 고자 함이었지요. 그런데……."

파인이 말을 잇지 못하고 몸을 부들부들 떨었다.

"무슨 일이 있었기에 그러나?"

입을 열지 못하는 파인을 대신해 이레사가 나섰다.

"그자가 병사들을 앞세워 파인을 위협해 영지 밖으로 내쫓 았습니다. 그리고 새로운 영지 평가서에다가 영지의 가치를 5만 골드라 작성했습니다."

익스는 어처구니가 없었다.

도대체 그자는 무슨 배짱으로 그렇게 나오는 것일까?

익스는 보고서의 마지막 장을 펼쳤다.

"트렘드 가문이라면 성에 오지 않은 가문 중 하나군."

이레사가 트렘드 가문에 대해서 간략하게 설명해 주었다.

"트렘드 가문의 영지는 남부 코렌스에서 가장 동쪽에 있는 곳으로 하늘산맥과 인접해 있는 땅입니다."

"평가 결과로 보자면 영지 가치가 최하야. 도대체 이자가 이렇게 나오는 이유가 뭔가?"

이레사와 파인이 동시에 머리를 조아리며 '송구하옵니다.' 라는 말을 했다.

모르겠다는 뜻이다.

익스는 보고서를 다시 한번 살피고서 말했다.

"생떼를 부리는 자가 나올 수 있다고는 생각했지만 이 정도로 막무가내일 줄은 몰랐군. 일단 이자를 제외하고 일을 진행하게."

익스는 트렘드 가문은 자신이 직접 처리하기로 마음먹었다.

어떠한 방식으로든 간에.

토벌군과 반란군

타밀이 막사 안으로 들어서자 도린이 반갑게 맞이했다.

"어서 오게."

전쟁 중임에도 도린의 표정은 매우 밝았다. 그의 밝은 표정으로 전쟁 양상이 어떠한지 잘 알 수 있었다.

"기분이 좋아 보이십니다."

도린이 너털웃음을 터트렸다.

"기분이 나쁘려야 나쁠 수가 없지. 모든 것이 순조롭지 않은가. 모든 것이 계획대로 척척 진행되어 어리둥절할 정도야."

토벌군은 그야말로 파죽지세였다.

지금까지 벌어진 여덟 번의 크고 작은 전투에서 모두 압승을 거두었다.

그리고 반역자의 우두머리가 있는 본거지를 눈앞에 두고 있었다.

"그렇다 한들 방심은 금물입니다. 아직까지도 흑마법사들의 본거지가 어딘지 파악되지 않았습니다."

흑마법사가 언급되었음에도 도린의 표정은 여유로웠다.

"200년 넘게 몸을 숨기고 있던 놈들이 하루아침에 드러나겠나. 그리고 그런 일은 우리보다 전문가인 교단에 맡기는 것이 좋을 것이네."

"주군, 교단은 그다지……."

도린이 손을 들어 타밀의 말을 막았다.

"알아, 교단이 어떤 놈들인지. 흑마법사들이 나타났다는 소식에 누구보다 기뻐하고 있을 테지. 다시 한번 그 시절로 돌아가고 싶을 테니까."

"신을 섬기는 자들임에도 본분을 잃고 권력을 탐하려는 자들입니다. 항시 경계해야 합니다."

"그래서 태양 신 교단과 바다 신 교단을 이용할 생각이야. 그들은 그나마 말이 통하는 자들이니까."

두 교단이 언급되자 굳었던 타밀의 얼굴이 조금이나마 풀어졌다.

"그들을 활용하신다면 저 또한 찬성입니다."

"그 둘을 지원해 준다면 나머지 교단을 충분히 견제할 수 있겠지?"

"당장은 어려울 테지만 주군께서 꾸준히 지원해 주신다면 충분히 가능할 것 같습니다. 하지만 하늘 신 교단을 주축으로 하는 3개 교단의 반발이 만만치 않겠지요."

"그래 봤자 오틀라스만 떠들썩하겠지. 뭣하면 태양 신 교단과 바다 신 교단을 오대 교단에서 분리시켜 버리면 되는 것이고. 교단 이야기는 토벌이 끝난 뒤에 하자고. 그것보다 한창 바쁜 자네가 무슨 일로 찾아온 것인가? 단순히 안부를 물으려고 온 것은 아닐 것 같은데."

"코렌스에서 약초가 도착했습니다."

전쟁터에서 약초라면 꼭 필요한 군수품 중 하나였다.

"반가운 소식이로군."

"폐하께서 엄청난 양의 약초를 보내 주셨습니다."

"여러모로 감사한 일이군. 적극적으로 나서서 우리 토벌군을 지지해 주셨으니 말이야. 물론 병력 지원은 다소 과하긴 했지만."

"병력 지원은 어디까지나 말뿐일 것입니다. 더구나 코렌스 남부 지역까지 손에 넣으시려는 중입니다. 코렌스 밖으로 병력을 빼는 것은 쉬운 일이 아닐 것입니다. 얼마 되지도 않을 것이고요."

"체면치레라는 건가?"

"그런 의도도 있겠지만, 그만큼 반역자들을 토벌하고 싶어 하시는 것이 아닐까 합니다."

타밀의 의견에 동의하는 도린이었다.

"그렇긴 하시겠지. 반역자들에게 폐위를 당하는 수모를 겪으셨으니 말이야. 어쨌든 폐하께서 적극적으로 나서 주신 덕분에 도움이 된 것은 사실이지. 이번에 보내 주신 약초 값은 넉넉히 챙겨 드리도록 해."

"이번 약초는 토벌군을 위한 지원이라 합니다."

도린이 놀라워했다.

"지원이라고? 자네가 와서 이야기할 정도라면 적은 양이 아닐 것인데."

"커다란 수레로 쉰 대 분량입니다."

"그만한 양을 지원해 주시다니, 폐하의 배포도 만만치 않군."

"폐하께서 보내 주신 것은 약초만이 아닙니다."

"수레 쉰 대 분량의 약초도 놀라운 마당에 다른 것이 또 있단 말인가. 이거 너무 궁금해지는걸."

타밀은 잠시 막사 밖으로 나가서 양손에 상자 하나를 들고 들어왔다.

도린은 타밀의 손에 들린 상자를 확인하고서 탄성을 내뱉었다.

타밀의 손에 들린 상자 위쪽에 황실을 상징하는 태양 문양이 음각으로 새겨져 있었다.

"상자 자체도 장식품으로 쓸 만하겠어. 이 아름다운 상자 안에 들어가 있는 것이 뭔가?"

타밀이 상자를 열어 도린 앞으로 내밀었다.

"연필이라는 필기구입니다."

알렌 후작의 영지를 포위한 도린이 타밀과 이야기를 나누고 있을 때, 고양이 눈동자 길드의 주요 인사들도 회동을 가지고 있었다.

하지만 그 분위기는 완전히 달랐다.

회동은 중부 지역 모처에 있는 고양이 눈동자 길드 본부에서 이루어지고 있었다.

붉은 고양이 눈동자 문양을 통한 회동은 통상 4명으로 이루어졌지만 키메라 서클장 레막이 코렌스로 넘어간 상태였기에 오늘은 3명이 전부였다.

회의장의 분위기는 황제를 암살하기로 결정을 내렸던 때와는 사뭇 달랐다.

무겁게 가라앉아 있었다.

숨 막힐 듯한 침묵을 깨트린 것은 소환 서클장인 세림이었다.

"일이 이 지경까지 되었다면 포기하는 것이 맞는 것 같은데. 어떻게들 생각하시오?"

깊은 한숨을 내뱉는 겔림을 대신해 저주 서클장 코엠이 나섰다.

"생각을 좀 해 봅시다. 어려운 상황에 놓이긴 했지만 머리를 맞대고 의논하다 보면 좋은 해결책이 나올 수도 있지 않겠소?"

세림의 얼굴에 있는 주름이 더욱 진해졌다.

"어려운 상황이 아니라 끝난 상황이라 해야 하지 않겠습니까."

"아직 끝난 것이 아니오. 아군의 병력은 여전히 10만에 달하오. 한 번만 이겨 낸다면 역전의 발판이 마련될 것이오."

코엠의 반박에 세림이 코웃음 쳤다.

"귀족들이 모두 중부 지역에 등을 돌렸소. 알렌 후작의 가신들 중에서도 도린에게 넘어간 자들이 있을 정도요. 병력이 10만이면 뭐 하오. 정작 그들을 지휘할 자들이 없는데. 더구나 전투가 여러 차례 치러졌음에도 적들의 군세는 줄어들기는커녕 오히려 늘어나고만 있는 상태요. 여기서 뭘 더 어떻게 하겠다는 것이오?"

코엠은 입을 뗄 수가 없었다.

어떻게든 같은 서클 출신인 겔림을 두둔하고 싶었으나 쉽지 않은 일이었다.

코엠 또한 상황이 어렵다는 것을 익히 알고 있었기 때문이다.

세림은 코엠의 행동이 언짢았다.

같은 서클 출신으로서 편을 들어 주는 것은 얼마든지 있을 수 있는 일이었다.

하나 그것도 때가 있는 법이다.

길드의 안위가 걸려 있는 중차대한 시기에 같은 서클이라는 이유만으로 편을 들려고 하다니.

세림은 그러한 꼴을 그냥 두고 볼 수 없었다.

"도린의 병력이 알렌 후작의 영지를 눈앞에 두고 있소. 사실상 포위된 것이나 마찬가지요. 지원군은 기대할 수도 없소. 힘이 되어 주겠다고 하던 자들이 도리어 적으로 돌아섰다는 것은 그대들도 알고 있을 것이니, 더 말하지 않겠소. 이 사태를 어찌 해결해야 할 것 같소?"

코엠은 입술을 깨물고, 젤림은 깍지 낀 두 손을 탁자에 올린 상태에서 장고에 들어갔다.

도린의 토벌군과 알렌의 반란군을 객관적으로 비교해 보자면 도린 쪽으로 손이 올라갈 수밖에 없다.

도린 쪽이 전력상 우위에 있는 것은 명백한 사실이나, 알렌 후작이 이토록 허무하게 무너질 정도는 아니었다.

알렌 후작이 장악한 지역은 중부 지역의 절반 정도다.

데로트 가문이 정권을 잡으면서 제국의 중심이 서부 지역으로 넘어가긴 했지만 불과 10년에서 20년 남짓이다.

이와 달리 중부 지역은 수백 년 동안 제국의 중심지로서 발전해 왔다.

두 지역을 인구와 경제력으로 비교해 보자면 중부 지역이 2배 내지는 3배 이상 높다고 할 수 있다.

이러한 점을 고려해 보자면 알렌 후작의 전력은 데로트 가문 못지않았다.

중부 지역 일부가 데로트 가문에 협력하고 있긴 했으나 토텔을 빼돌림으로써 어느 정도 세력의 균형이 맞추어졌다.

즉, 데로트 가문과 자웅을 겨루어 볼 만했다.

실제로 알렌 후작은 도린이 토벌군을 이끌고 나서자 곧바로 대응에 나섰다.

자신이 세운 새로운 황제의 칙령을 발표했다.

폐위된 황제는 데로트 가문의 꼭두각시일 뿐이다, 위대한 에소니아를 다시 일으켜 세우기 위해선 새로운 황제를 섬겨야 한다는 내용이었다.

여기에 더해 토텔을 앞세워 아래와 같은 주장을 펼쳤다.

"데로트 가문은 황위를 넘보고 있다. 아네스를 임시 황도로 삼은 것과 황제를 하늘산맥 너머로 쫓아낸 것이 바로 그 증거다!"

여기서 그치지 않았다.

"폐위된 황제는 황가의 핏줄이 아니다!"

익스의 혈통의 경우 의심의 여지가 없었기에 그다지 호응을 받지 못했지만, 적어도 데로트 가문에 대한 주장은 제법 효과가 있었다.

데로트 가문의 정권이 2대에 걸쳐 이어지는 것을 마뜩잖게 여기는 귀족들이 상당수 존재했기 때문이다.

도린이 토벌군을 이끌고 진군을 시작하자 알렌 후작에게 은밀히 연락을 넣은 북부와 남부의 대영주들도 여럿 있었다.

협의를 통해 이해관계를 조율한다면 새로운 황제를 섬길 수도 있다는 뜻을 밝혔다.

그에 알렌 후작이 승기를 잡았다고 확신하던 그때, 생각지도 못한 일이 터지면서 한순간에 모든 것이 무너졌다.

그야말로 눈 깜짝할 사이에 알렌 후작이 궁지에 몰려 버린 것이다.

'이렇게 꼬여 버릴 줄이야.'

코엠은 지끈거리는 머리를 손가락으로 눌렀다.

머리가 아픈 것으로 따진다면 겔림이 더했다.

알렌 후작을 궁지로 몰아넣은 장본인이 바로 자신이었기 때문이다.

겔림은 적 지휘관들을 암살하고자 했던 결정을 뼈저리게 후회했다.

'하다못해 제자들만이라도 보내지 않았으면…….'

일을 확실히 처리하고자 흑마법사들까지 딸려 보냈던 것이 이 사달을 만들어 버렸다.

만약 태양 신 교단 신관들이 도린의 토벌군에 합류했다는 것을 알았더라면……

적 지휘관들을 처리하기 위해 흑마법사 5명과 암살자 30명을 투입했다.

20만에 달하는 병력과 비교하자면 한 줌도 안 되는 숫자였지만 위력은 충분했다.

흑마법사의 마법과 암살자의 힘을 합친다면 지휘부에 타격을 주는 것은 얼마든지 가능했으니까.

희생이 따르긴 하겠지만 불가능한 일은 아니었다.

겔림이 흑마법사와 요원을 투입했던 것도 잃는 것보다 얻을 것이 많다고 판단했기 때문이다.

그런데 생각지도 못한 결과가 나와 버렸다.

최악의 실패였다.

"신관들은 예상 밖이었소."

세림이 주먹으로 정사각형 탁자를 내리쳤다.

겔림을 바라보는 그의 눈빛이 사나웠다.

"그걸 지금 말이라고 하는 것인가! 애초에 길드가 만들어진 이유는 오대 교단 때문이었어. 그런데 어찌 오대 교단을 소홀히 할 수 있단 말인가."

달라진 세림의 말투를 코엠이 지적했다.

"마음은 이해하지만, 상대는 부길드장이오. 부길드장에 대한 존중을 보여 주셨으면 좋겠소."

"부길드장으로 대우를 받고 싶으면 그만한 능력을 보여야지. 일을 이 지경으로 만들어 놓고서 무슨 대우를 바라!"

겔림은 변명의 여지가 없었기에 세림의 독설을 제지하지 못했다.

"남 뒤에 숨어 있지 말고 말을 해 보란 말이야! 신관이 움직였다면 오틀라스에 나가 있는 요원들이 연락했을 것 아닌가."

겔림이 부길드장으로서 길드 내 지위는 매우 높았지만 흑마법사로 서열을 나눈다면 세림보다 두 기수 후배였다.

코엠의 경우도 마찬가지였다.

레막이 가장 서열이 높았고, 그다음 세림, 코엠, 겔림 순으로 이어진다.

세림이 노기를 드러내면서 말투가 달라진 것은 바로 이러한 이유 때문이었다.

부길드장으로 인정하지 않는다면 세림은 코엠과 겔림에게 있어서 하늘 같은 선배 중 하나였다.

세림이 저렇게 나온다면 겔림으로서는 그를 선배로 대우해 줄 수밖에 없었다.

"도린의 움직임이 기민해지면서 외부에 있던 요원들을 대거 재배치했습니다."

"설마 오틀라스에 있던 요원들까지 끌어다 쓴 건가?"

의심받는 페톰

"최소한의 인원은 남겨 두었습니다. 다만 숫자가 줄어든 만큼 어쩔 수 없이 태양 신 교단과 바다 신 교단은 살피지 못했습니다."

오대 교단 중에서 가장 영향력이 떨어지는 곳이 바로 태양 신과 바다 신 교단이었다.

요원이 부족하다면 두 교단을 제외하는 것이 합리적인 선택이었다.

영향력이 부족하다는 것은 그만큼 활동이 뜸하다는 것이다. 무엇보다 두 교단은 지난 십수 년 동안 오를라스를 벗어난 적이 없었다.

"하필이면 요원을 빼 버린 태양 신 교단의 신관들이 움직였다는 것인가?"

"결과적으로는 그렇게 봐야 할 것 같습니다."

"일이 이렇게 되었는데, 운이 나빴다고 넘어갈 생각은 아니겠지?"

젤림은 회의장에 들어서기 전부터 준비해 두었던 말을 꺼냈다.

"제가 책임을 지겠습니다."

세림이 날카로운 눈빛으로 물었다.

"어떻게?"

"부길드장 자리에서 물러나겠습니다. 다만 이번 일을 확실히 처리하고 물러날 생각입니다."

세림의 굳어 있던 얼굴이 조금이나마 풀어졌다.

그와 함께 말투도 원래대로 돌아왔다.

"그렇소. 내가 원한 것은 바로 그러한 책임감이오. 이제야 부길드장인 것 같소."

"저를 부길드장으로 인정해 주시는 겁니까?"

"인정할 것이오. 그러나 책임지겠다는 약속은 지켜야 할 것이오."

"어차피 서클장의 지지를 받지 못한다면 부길드장 자리를 유지할 수 없습니다. 제가 말을 번복한다면 세림 서클장께서 가만히 있지 않으시겠지요."

"잘 알고 있구려."

"일을 이렇게까지 만들고 염치없이 자리를 탐하진 않을 것입니다. 그러니 이번 일을 수습할 때까지만이라도 믿어 주셨으면 좋겠습니다."

"좋은 자세요. 그렇다면 나도 더 이상 숨기지 않고 내 뜻을 밝히겠소. 내가 생각하기엔 길드가 준비했던 대계는 포기하는 것이 좋을 것 같소."

저주 서클장 코엠이 입술을 깨물었다.

근 50년간 길드를 실질적으로 운영해 온 것은 저주 서클 출신들이었다.

알렌 후작을 내세운 대계도 저주 서클 흑마법사들에게서 나왔던 계책이었다.

"알렌 후작을 버린다는 것은 우리가 세운 황제까지 포기해야 한다는 말이 되오. 이제 와서 그것을 포기할 수는 없지 않겠소?"

"이미 고양이 눈동자 길드가 흑마법사의 소굴이라는 소문이 퍼질 대로 퍼진 상태요. 그것도 모자라서 알렌 후작이 우리 흑마법사들의 도움을 받고 있다는 사실까지 알려졌소."

"잡아떼면 그만이오. 적들이 증거를 내세운 것도 아니지 않소?"

"증거가 다 무슨 소용이오. 이미 사람들이 흑마법사의 존재에 대해서 알게 되었는데. 오대 교단 중에서 가장 굼뜬 태양신 교단이 나섰소. 나머지 4개 교단이 이를 가만히 지켜보리라 생각하시오?"

코엠은 신음을 흘릴 수밖에 없었다.

태양 신 교단이 이번 기회를 통해서 이름을 날렸다.

나머지 4개 교단도 이를 지켜만 보지는 않을 것이다.

오대 교단으로 묶여 있긴 하지만 그들은 서로 경쟁하는 관계였으니까.

"모르긴 몰라도 지금 교단에서는 우리의 등장을 쌍수 들고 환영하고 있을 것이오. 어쩌면 벌써 신관들을 대거 파견했을지도 모르는 일이지."

겔림이 세림에게 물었다.

"어떻게 하는 것이 좋겠소?"

"뭘 어떻게 하겠소, 다 들통난 마당인데. 숨어야지."

코엠이 깜짝 놀랐다.

"길드를 정리할 생각이오?"

"정리까지는 아니겠지만 몇 년 동안 활동하지 않는 것이 좋을 것 같소. 오대 교단 신관들이 눈에 불을 켜고 살펴볼 테니까."

"신관들이 들쑤시고 다닌다면 길드의 재산을 처리하는 건 만만치 않은 일이 될 것이오."

세림이 말했다.

"레막이 있지 않소. 그가 황제를 없애 버린다면 혼란을 틈타서 어느 정도 정리가 가능할 것이오."

"아쉽구려. 길드의 비밀이 밝혀지지만 않았어도 우리가 세운 황제를 내세울 수 있었을 것인데."

"어차피 새로운 황제는 효용 가치가 사라졌소. 애초에 황실의 핏줄인지도 불분명하고 말이오."

익스는 나무노래성 아래에 조성된 주택단지를 살피고서 성으로 복귀했다.

아침부터 이어진 일정이 마무리되면서 모처럼의 휴식을 취할 수 있었다.

요새에서 복귀한 지 열흘 만에 찾아온 꿀맛 같은 시간이었다.

익스는 오랜만에 가지는 휴식을 위해 일전에 멕신과 함께 있었던 탑 꼭대기에 있는 전망대를 찾았다.

조용히 휴식을 취하기에 이곳만큼 좋은 곳이 없었기 때문이다.

익스는 전망대에 도착하자마자 창가에 서서 오랜만에 시스템을 실행시켰다.

가장 먼저 확인한 것은 보관함이었다.

시스템을 통해 몇 가지 보상을 받긴 했지만 아이템은 뜸했다.

그러나 아쉽지는 않았다.

당장 필요한 아이템이 있는 것도 아니었으니까.

'얼마나 찍혀 있으려나.'

익스는 보관함을 대충 훑어보고서 능력치 상점에 들어갔다.

모락의 양아들이자 장차 최강의 기사가 될 러셀을 포섭해 받은 보상을 확인하기 위함이었다.

－보유 S포인트 : 6,800

－능력치(+S10,000)

－내정 74(+S1,000)

－무력 20(+S1,000)

무력 수치를 확인한 익스는 헛웃음을 내뱉었다.

20이나 찍혀서 다행이라고 해야 할지, 아니면 20밖에 안 된다고 해야 할지 모르겠다.

"뭐, 무력은 애초에 기대도 안 했으니까."

익스가 자신의 능력치 중에서 가장 기대를 걸고 있는 것은 지력이었다.

"문제는……."

시스템이 제공하는 능력치가 익스라는 캐릭터 본연의 것인지 아니면 민용의 것인지를 알 수 없다는 것이다.

익스는 눈을 좁혀 능력치 상점을 바라보며 중얼거렸다.

"네놈이 그걸 알려 줄 리가 없겠지."

시스템이 답변만 해 준다면 능력치 상점에 대해 물어볼 것이 산더미처럼 쌓여 있었다.

상점에 나온 능력치가 익스의 것이 맞느냐?

캐릭터 능력치는 몇 개나 나오는 것이냐?

능력치 한도는 어디까지냐?

익스는 이런 생각들이 부질없다는 것을 알고 있었다.

위와 같은 질문의 답은 S포인트가 충분해지면 자연스럽게 밝혀질 것이다.

능력치 상점을 닫자, 토비가 전망대를 찾아왔다.

익스는 거친 숨을 내뱉는 토비에게 자신을 찾아온 이유를 물었다.

"파렌 가문의 영지에 다녀온 정찰병이 서부 지역에 퍼진 소문을 알려 왔습니다."

파렌 가문이라면 하늘 길 요새를 내려가는 순간 가장 먼저 방문하게 되는 영지였다.

"자네가 숨을 헐떡이면서 전망대까지 올라온 걸 보면 토벌군과 관련된 것이겠군."

서부 지역을 한창 뜨겁게 달구는 소문은 단연코 토벌군에 대한 것이었다.

서부 지역 귀족들이 모두 참전한 토벌인 만큼 관심이 많을 수밖에 없었다.

덕분에 고립된 코렌스에서도 인근에 있는 파렌 가문의 영지에 사람을 보내면 토벌군에 대한 소문을 접할 수 있었다.

"그러하옵니다."

"이번엔 무슨 소식인가? 토벌군이 로강에서 출발해 중부 지역에 들어섰다는 것까지는 들었는데."

"토벌군이 중부 지역으로 들어섰을 때, 흑마법사들의 습격이 있었다고 합니다."

"역시 그놈들이 움직였군. 어떻게 됐나?"

"토벌군에 합류해 있던 태양 신 교단 신관들이 물리쳤다고 합니다."

태양 신 교단이 오대 교단 중에서 가장 영향력이 떨어진다고는 하지만 실력까지 떨어지는 것은 아니었다.

더구나 흑마법사에게 있어서 신관은 쥐약이나 마찬가지다.

흑마법이고 백마법이고, 신의 힘을 빌리는 신관 앞에선 모조리 무효화되기 때문이다.

이게 어떻게 가능하냐고 묻고 싶다면 작가에게 물어봐라.

작가는 소설에서 '신 앞에 모든 것은 무용지물이다.'라고 얼버무려 넘어가 버렸다.

"흑마법사들을 생포했으면 좋았을 것인데. 그에 대한 소문은 없었나?"

"그것까지는 알 수 없었습니다. 단지 반란군이 흑마법사와 한패라는 것이 알려진 것으로 보아선 결정적인 증거를 잡았다고 봐야 할 것 같습니다."

"그렇기도 하겠군. 확실한 것은 페톰이 알려 주겠지."

페톰이 언급되자 토비가 무엇인가를 깊이 생각하다가 입을 열었다.

"그렇지 않아도 페톰에 대해서 말씀드리고 싶은 것이 있었습니다."

"페톰이 왜?"

"그자를 신뢰해도 되는지 모르겠습니다."

익스는 처음에 무슨 이야기인가 했다.

토비가 페톰을 의심하고 있었다.

익스는 토비의 심중을 알아차렸다.

"페톰이 도린에게 신임을 받고 있어 신경 쓰이나 보군."

"폐하, 수석 서기관의 자리는 직급은 낮지만 대단히 중요한 자리입니다. 그것도 모자라 토벌군 보급관으로 임명되었다는 것은 페톰에 대한 도린의 신임이 범상치 않음을 뜻하는 것이 아니겠습니까?"

"그렇게 되면 우리로선 좋은 일인 것 같은데. 보다 정확한 정보를 얻어 낼 수 있으니 말이야."

"정보가 오염될 가능성이 있지 않겠습니까."

"페톰이 이중 첩자가 될 것을 걱정하는 건가?"

"그자가 작정하고 허튼 정보를 제공하게 된다면 큰 낭패로 이어질 수 있습니다."

익스도 페톰에 대해서는 고민이 많았다.

그러나 걱정한 것과는 달리 지금까지 페톰은 충실히 명령에 따르고 있었다.

포킹덤에서 이름을 날린 희대의 간신인 만큼 완벽하게 속이는 것일 수도 있겠지만 말이다.

한 가지 분명한 것은, 현시점에서 페톰은 매우 유능한 정보원이라는 사실이다.

무엇보다 로인이 페톰을 보증하고 있는 상태였다.

두 사람의 끈끈한 관계가 유지되고 있는 이상, 페톰이 이중 첩자가 될 가능성은 낮다.

물론 로인과 페톰의 관계에만 의존할 수는 없다.

페톰도 사람인 이상, 제국을 손아귀에 쥐고 있는 권력자의 신임이 어찌 달콤하지 않을 수 있겠는가.

변심의 가능성은 얼마든지 있었다.

더구나 그는 희대의 간신 중 하나였으니까.

이에 익스도 나름대로 여러 장치를 마련해 두었다.

"그래서 상단을 인수한 것이 아닌가. 돈도 벌고, 정보도 획득하고 말이야. 여러 창구를 통해 정보를 습득하게 된다면 오염된 정보를 충분히 걸러 낼 수 있지. 동시에 자연스럽게 이중 첩자를 가려낼 수도 있을 것이고 말이야."

에낙스에게 괜히 라칸을 붙여 준 것이 아니다.

라칸은 알베스가 인정한 실력자다.

당장 근위 기사로 임명해도 부족함이 없다고 했다.

그것뿐만 아니라 오랫동안 황제를 지키고 알베스를 따랐던 만큼, 시나브로 학식을 쌓아 나갔다.

알베스의 말에 따르면 5년만 제대로 가르치면 차기 근위 기사단장감이란다.

이런 인재가 에낙스와 함께한다는 것은 그만한 이유가 있는 것이다.

익스의 말에도 토비의 얼굴은 여전히 어두웠다.

"상단이 자리를 잡으려면 상당한 시간이 필요할 것입니다."

"일반적으로는 그렇지. 하지만 15인회 상단은 내년 안에 제국 전역에 지부를 설치하게 될 거야."

이제 막 활동을 시작한 상단이 제국 전역에 지부를 설치한다는 것은 상식적으로 불가능한 일이었다.

황제가 아닌 다른 사람이 이런 말을 했다면 토비는 허풍이라 여겼을 것이다.

하지만 황제라면.

"폐하께서 따로 준비한 것이 있으시군요."

익스가 눈웃음을 보여 주었다.

"짐을 믿게. 코렌스에 오고부터는 짐이 그대들을 실망시켰던 적이 없지 않은가. 고생은 시키고 있지만 말이야."

토비는 그렇지 않다고 말해야 한다는 것을 알고 있었지만 입이 떨어지지 않았다.

'그렇다고 말하고 싶지만……'

토비에게서 입에 발린 말이 흘러나오려는 순간, 태양 신 교
단 신관이 도착했다는 소식이 전해졌다.

폐황제가
되었다

황제의 제안

하늘 길 요새와 나무노래성을 잇는 길에서 노리스가 벌어진 입을 다물지 못하고 있었다.

"이, 이게……."

노리스는 하늘산맥을 보았을 때도 놀랐고, 하늘 길 요새로 들어섰을 때도 놀랐다.

이야기를 들어서 알고는 있었지만, 하늘산맥은 인간을 주눅 들게 할 만큼 거대했다.

또 하늘 길 요새는 어떠한가.

하늘 길 요새가 제국에서도 손에 꼽히는 건물이라는 것은 잘 알려진 사실이다.

그러나 대다수가 이렇게 생각했다.

'변방에 있는 요새가 대단해 봤자 얼마나 대단하겠어.'

노리스의 인식도 여기서 크게 벗어나지 않았다.

변방이라는 이유로 비하하는 것은 아니었지만 소문은 과장되기 마련이라고 여겼다.

하지만 이러한 편견은 하늘 길 요새에 들어서는 순간, 와르르 무너지기 시작했다.

하늘 길 요새를 지나 코렌스에 들어선 노리스는 다시 한번 감탄할 수밖에 없었다.

넓게 펼쳐진 평야와 수량이 풍부한 개천만으로 코렌스의 비옥함이 느껴질 정도였다.

제국은 남부 지역을 제외하고는 대부분 땅이 씨앗을 아무렇게나 던져 놓아도 싹이 틀 정도로 비옥했다.

거기에 더불어 일찍부터 로카의 활용법이 알려지면서 인분을 거름으로 활용했다.

비옥한 대지에 훌륭한 거름까지 더해지니 제국은 풍요로울 수밖에 없었다.

보통 황도가 폐허로 변하고 반역자들이 출현해 새로운 황제를 내세우며 기존의 황제를 폐위시키는 정도의 혼란이면, 아무리 제국이라 할지라도 무너지기 마련이다.

그럼에도 불구하고 제국이 유지된 것은 풍요로웠기 때문이다.

혼란스럽긴 했으나 귀족들은 여전히 사치를 즐길 수 있었고, 백성들 또한 먹고사는 것에 지장이 없었다.

그러나 노리스의 눈에는 그토록 풍요로운 제국보다 코렌스 땅이 더 비옥하게 보였다.

이미 세 번이나 놀랐기에 더는 놀랄 일이 없을 것이라 여겼지만 노리스의 놀람은 네 번으로 늘어났다.

믿을 수 없는 광경이 눈에 들어온 탓이었다.

노리스는 자신과 함께하고 있는 라칸에게 물었다.

"놀랄 일이라는 것이 이것이었습니까?"

라칸이 고개를 끄덕이자 노리스는 다시 한번 두 눈으로 보고도 믿을 수 없는 광경을 확인했다.

인간과 인간이 아닌 자들이 한데 어우러져서 일하고 있었다.

"저들은 누구입니까?"

라칸이 인간보다 덩치가 큰 자들을 가리켰다.

"하이오크입니다. 특이하게 생긴 오크라 착각할 수도 있겠지만 그들과는 엄연히 다른 종족이지요."

"저들은요?"

"노움입니다."

"난쟁이가 아니었군요. 그런데 제 눈이 이상한 것인지는 모르겠으나 하이오크들은 대부분 저렇게 늙거나 여성처럼 생겼습니까?"

라칸은 하이오크의 사정을 설명하고서 황제가 해금령을 폐지하였다는 사실도 알려 주었다.

"그러니까 폐하께서 곤경에 처한 이종족들을 도우셨고, 저들은 폐하의 은혜에 보답하기 위해 코렌스 개발을 도와주고 있다는 것이군요."

"맞습니다."

노리스가 굳게 입을 다물고 이종족을 살피고만 있자 라칸이 물었다.

"오대 교단의 입장에서는 다소 불편하게 느낄 수도 있을 겁니다."

노리스가 고개를 저었다.

"불편하다니요. 전혀 그렇지 않습니다. 많은 이들이 착각하더군요. 오대 교단에서 이종족을 배척한다고 말입니다. 하지만 오대 교단 차원에서 이종족을 적대하거나 배척한 적은 없습니다."

"그렇다면 어째서 그리 알려진 것입니까?"

"오크를 인간의 적으로 간주한 탓에 그것이 와전되어 이종족으로 알려진 것일 수도 있습니다. 다만……."

노리스가 눈을 잔뜩 찌푸리고서 말을 이었다.

"하늘 신 교단에서 이종족을 적대적으로 바라보고 배척하는 움직임이 있긴 했었죠. 그러나 다른 교단들은 이종족에 대한 적대감이 없습니다. 정확하게 말하자면 관심이 없다고 보는 것이 맞겠군요."

라칸이 이제야 이해했다는 듯 고개를 끄덕였다.

오대 교단 내에서 하늘 신 교단의 영향력은 상당한 수준이었다. 그들의 영향력이 어느 정도인가 하면, 하늘 신 교단을 제외한 4개 교단의 영향력을 모두 합치더라도 그들에게 미치지 못했다.

그렇기에 하늘 신 교단이 이종족을 배척한다면 제국인들의 입장에서 보았을 때 오대 교단이 이종족을 배척하는 것과 다름없었다.

"그러면 이종족들이 제국에서 활동하는 것도 그리 문제 되지는 않겠군요."

"다른 교단들은 신경 쓰지 않을 겁니다. 다만 하늘 신 교단이 이 사실을 알게 된다면 제법 시끄러워질 수도 있습니다."

"오대 교단 차원에서 나서는 일이 아니라면 걱정할 필요가 없을 것 같습니다. 아마 폐하께서도 이를 알고 이종족을 받아들이셨을 테지요."

"그들이 가만히……."

라칸이 노리스의 중얼거림을 듣지 못하고 다시 물었다.

"뭐라 하셨습니까?"

"혼잣말입니다. 신경 쓰실 필요 없습니다."

두 사람은 코렌스에 관련된 이런저런 이야기를 나누며 이동했고, 곧 나무노래성 인근에 들어섰다.

익스는 대회의실로 들어서는 청년을 자세히 살펴보았다.

'저자라고?'

태양 신 교단을 대표하는 자라고 보기에는 지나치게 젊지 않은가.

'뭐, 나이가 중요한 것은 아니니까.'

태양 신 교단은 자신이 보낸 서신에 따라 움직이고 있었다.

이는 자신의 제안을 받아들이겠다는 의사를 간접적으로 보여 주고 있는 것이다.

익스가 태양 신 교단에 대한 의심을 털어 내고 있는 동안 청년이 허리를 깊숙이 숙였다.

"태양 신의 미천한 종이 태양 신의 후예이자 대륙의 정복자이며 인간들의 수호자이자 오대 교단의 신성한 방패이신 폐하께 인사 올립니다."

황제를 향한 거창한 칭호를 실로 오랜만에 들어 본다.

분명 대회의실에 들어서기 전에 궁인에게 예를 간소히 하라고 전해 들었을 터인데.

하지만 익스는 굳이 이를 지적할 생각은 없었다.

태양 신 교단에 있어 황제는 특별한 존재였으니까.

"만나서 반갑군. 이름이 어떻게 되나?"

"노리스라고 합니다."

"교단에서는 무슨 일을 하고 있지?"

"태양 신의 말씀을 풀이하고 신관들의 수양을 돕고 있습니다."

"수도회 소속이군."

"그러하옵니다."

"그렇다면 수도회에서 어떤 직책을 맡고 있나?"

"과분하게도 의장의 자리에 올라 있습니다."

익스는 태양 신 교단에서 어째서 젊은 청년 신관인 노리스를 보냈는지 알게 되었다. 저리도 어린 나이에 벌써 수도회의 의장을 맡고 있다면 머지않아 주교에 오를 것이다.

어쩌면 태양 신 교단 내에서는 이 노리스라는 청년 신관을 차기 대주교감으로 보고 있을지도 몰랐다.

"교단에서 귀한 손님을 보내셨군."

"대주교께서는 폐하를 직접 찾아뵙지 못하는 것을 대단히 송구스럽게 여기고 계십니다."

"그래서 자네를 보낸 것이겠지. 그렇지 않은가?"

"소관이 어찌 대주교님을 대신할 수 있겠습니까. 다만 폐하께서 양해해 주신다면 대주교님에게 위임받은 권한을 사용하겠습니다."

"자네가 전권을 받은 상태라면 짐도 망설이지 않고 이야기할 수 있겠어."

"경청토록 하겠습니다."

"흑마법사들에 대해서는 알고 있을 것이고……. 그러고 보니 토벌군을 습격했다는 흑마법사들은 어찌 되었는지 알고 있나?"

"흑마법사들은 모두 사망하였고, 흑마법사와 함께했던 암살자들을 상당수 사로잡은 상태라고 전해 들었습니다."

"이왕이면 흑마법사들을 사로잡는 것이 좋았을 텐데."

"생포하려 했지만 그들의 저항이 완강했다고 합니다."

익스는 신관들의 피해가 얼마나 되는지 물은 다음 화제를 바꿨다.

"코렌스에 들어와서 많이 놀랐을 것인데?"

"이종족과 인간이 함께하는 것을 보고 매우 놀랐습니다."

"보기에 어떻던가?"

"평화로워 보였습니다만……."

"하늘 신 교단이 어떻게 나올지 신경 쓰일 거야. 맞지?"

"맞습니다. 그들의 반발이 어느 정도일지 쉽사리 예측하기 어렵습니다."

"반발하려고 해도 뭘 알아야 반발을 하지."

"폐하, 코렌스가 고립되어 있다 하더라도 결국 알려지게 될 것입니다."

"그렇겠지."

"대책을 마련하시는 것이 좋을 것 같습니다."

"그래서 자네들에게 연락한 것이야."

노리스가 착잡한 표정을 지었다.

"태양 신 교단이 이종족에게 우호적이긴 하지만 저희로서는 하늘 신 교단의 반발을 잠재울 만한 영향력을 갖추지 못한 상태입니다. 폐하께서 바라시는 도움을 드리기엔 어려울 것 같습니다."

"그 영향력을 짐이 만들어 주면 되지 않겠나?"

"무슨 말씀이신지?"

"아직 눈치채지 못한 모양이군. 짐이 어째서 태양 신 교단 신관들을 토벌군에 보냈다고 생각하는가?"

익스는 노리스의 대답을 기다리지 않았다.

"태양 신 교단은 지금 흑마법사와 손잡은 반역자들을 토벌한 것이나 마찬가지야. 조금 더 그럴듯하게 말해 보자면, 흑마법사들과 반역자들이 손을 잡고 제국을 집어삼키려 한 음모를 분쇄했다는 것이지."

"……."

"여기서 끝이 아니야. 자네들 덕분에 앞으로 제국 최고의 권력자가 될 도린의 목숨뿐만 아니라 야망까지도 구해 주었지. 자네들은 알지 못하겠지만 이번 토벌에 도린의 미래가 걸려 있었거든. 짐은 여기에 하나를 더 보태어 줄 것이 있네."

노리스는 저도 모르게 마른침을 삼키고 익스의 말을 기다렸다.

"요새로 올라올 때, 숲이 엉망인 것을 보았을 거야. 거기가 왜 그렇게 되었다고 생각하는가?"

"잘 모르겠습니다."

"흑마법사들이 반역자들과 손을 잡았어. 반역자들의 입장에서 가장 눈엣가시 같은 존재가 누구일까?"

노리스가 헛바람을 집어삼켰다.

"서, 설마……."

"흑마법사들은 짐을 암살하고자 했지. 물론 짐이 이렇게 살아 있다는 것은 그것이 실패했다는 뜻일 것이고. 자네들의 입장에서는 흑마법사들의 공격을 어찌 막았는지 궁금할 테지?"

노리스는 너무 놀란 나머지 지금 황제 앞이라는 것도 잊고서 고개를 끄덕였다.

"백마법사의 도움을 받았네."

"헉!"

노리스는 다리가 후들거렸다.

흑마법사에 이어서 이종족, 백마법사까지 언급되었다.

수백 년 동안 잊힌 존재들이 어찌 약속이라도 한 듯이 튀어나올 수 있단 말인가. 무엇보다 놀라운 것은 이 모든 것들이 황제와 관련되어 있다는 사실이었다.

"자네도 잘 알 거야. 백마법사는 흑마법사와는 완전히 다른 존재라는 것을 말이야."

노리스는 몸을 부들부들 떨면서 말했다.

"소관은 폐하께서 의도하시는 것이 무엇인지 모르겠습니

다.”

“짐은 백마법사들의 도움으로 살아남았네. 하지만 안타깝
게도 이러한 사실은 대외적으로 밝힐 수가 없지. 그랬다가는
짐 또한 반역자들과 같은 신세가 될 테니까.”

노리스는 마른침을 삼켰다.

“그래서 말이야, 흑마법사들의 습격으로부터 짐을 구해 준
것이 자네가 되었으면 하네.”

“폐하……”

익스는 손을 흔들어 노리스의 말을 잘라 버렸다.

“잘 생각하게. 몰락한 것이나 다름없는 태양 신 교단에 다
시 과거의 영광을 찾을 기회가 찾아온 것이야.”

“하지만 폐하, 그들은…….”

“백마법사에 대해서는 걱정할 필요 없어. 그자들도 짐의
의견에 동의했으니까. 그리고 철저히 몸을 숨길 테니까.”

“교단이 본격적으로 움직이기 시작한다면 마법을 익힌 자
들이 밝혀지게 되어 있습니다. 아시지 않습니까.”

“자네가 짐의 계획대로만 움직여 준다면 백마법사들은 제
국에서 완전히 자취를 감추게 될 걸세.”

“그게 무슨?”

익스가 눈웃음을 지었다.

“바다를 건너면 오대 교단이라 할지라도 그들을 찾아낼 수
없지 않겠나.”

죽다 살아난 소튼

소튼은 기지개를 켜며 숨을 크게 들이마셨다.

맑고 상쾌한 아침 공기를 들이마시자 몸을 가득 채우고 있던 술기운이 달아났다.

어지러움이 조금 가시자 소튼은 정면에 있는 3층 건물로 걸음을 옮겼다.

그곳은 이번에 상단에서 구입한 건물로, 앞으로 15인회 상단 아네스 지부라 불리게 될 곳이었다.

15인회 상단 아네스 지부는 아네스 중심부에서 멀찌감치 떨어져 있었지만 무려 50골드나 되는 거금이 소모됐다.

근처에 있는 건물보다 3배 정도 비싼 금액이었다.

그러나 허투루 돈을 쓴 것은 아니다.

15인회 상단 아네스 지부는 디귿 자 모양의 3층 건물에, 건물 면적의 5배에 달하는 땅을 품고 있었다.

　　앞으로 코렌스와 아네스를 수시로 왕복하면서 수많은 물건을 사고팔게 될 것인데 이를 위해서는 당연히 물건을 보관할 창고가 있어야 했고, 창고를 지을 빈 땅이 필요했다.

　　에낙스가 거금 50골드를 투입한 것은 바로 이러한 이유 때문이었다.

　　지부 입구에서 대기하고 있던 건장한 사내가 소튼에게 고개를 숙였다.

　　"어서 오십시오, 도련님."

　　얼마 전에 상단 호위병으로 채용된 용병 중 하나였다.

　　"아침부터 고생이 많군요."

　　"저기, 도련……."

　　소튼은 호위병의 말을 듣지 않고 문을 열어 버렸다.

　　만약 소튼이 밤새 술을 마시지 않았다면 호위병의 말에 반응해 걸음을 멈췄을 것이다.

　　소튼은 아직 온전한 상태가 아니었다.

　　여전히 술기운이 몸 안에 남아 있었다.

　　오죽하면 바로 옆에 있던 호위병의 말을 듣지 못했을까.

　　문을 열고 발을 들여놓는 소튼을 바라보며 호위병이 혀를 차고 작게 중얼거렸다.

　　"엄청나게 깨지겠어."

소튼은 술기운에 미처 발견하지 못했지만 호위병은 1명이 아니었다.

2명의 호위병이 지부 입구를 지키고 있었다.

"제법 싹수가 있어 보여서 도와주려고 했는데."

"이틀 동안 술집에 처박혀 있었으면 혼나긴 해야지."

"사고를 친 것도 아니고. 실려 온 것도 아니잖아. 멀쩡하게 찾아왔으면 됐지. 저 정도면 싹수가 있는 거야."

"상단주님은 그렇게 생각하지 않으시잖아. 단단히 화가 나셨단 말이지. 실려 오는 것이 문제가 아니라 실려 나갈지도 모르겠다."

"그 정도로 심각해?"

"야, 어제 상단주님이 불러서 갔더니 단단한 몽둥이 10개 준비해 두라고 하셨다니까."

"헐, 이거 잘못하다간 진짜 실려 나갈 수도 있겠는데."

호위병들의 걱정은 괜한 것이 아니었다.

지부 안으로 발걸음을 들여놓는 순간, 식은땀이 소튼의 등줄기를 타고 내려가 허리춤을 적셨다.

"아, 아버지……."

에낙스가 나무 몽둥이를 들고 소튼을 노려보고 있었다.

"이게 누구야. 이틀 동안 아네스에 있는 술집이란 술집은 모조리 찾아다닌 자랑스러운 우리 아드님이 아니신가."

소튼은 아버지인 에낙스에게서 뿜어 나오는 분노를 온몸으로 느낄 수 있었다.

"아, 아닙니다, 아버지. 지금 오해를 하고 있으세요."

"아니긴 뭐가 아니야. 그리고 오해? 지금 오해라고 했냐? 내가 오해를 했다고!"

에낙스에게서 고함이 터져 나오자 소튼은 다급해졌다.

"아버지, 제가 설명하겠습니다. 다 설명할게요, 일단 들어 보세요."

"그래, 당연히 들어 줘야지. 그 전에 일단 좀 맞자. 맞고 시작하면 좋을 것 같아."

소튼은 아버지가 단단히 화가 났음을 깨달았다.

지난 이틀간의 행적으로 보자면 충분히 오해할 만한 상황이긴 했다.

에낙스가 몽둥이를 쥐고 이를 갈며 소튼에게 다가왔다.

"진정하세요. 이 상황이 이상하게 보일 수 있다는 것은 저도 알고 있습니다. 하지만! 아버지가 생각하시는 그런 것이 아닙니다."

"누구에게나 그럴듯한 변명은 있는 법이지."

소튼은 주변을 둘러보았다.

그는 최근에 고용된 일꾼들이 몸을 숨긴 채 이 광경을 살펴보고 있음을 알아차렸다.

이런 상황에서는 함부로 이야기할 수 없었다.

"변명이 아닙니다. 편지요. 그 편지랑 관련된 것이라고요!"

편지가 언급되자 에낙스는 몽둥이를 내리고 소튼을 쏘아보았다.

"진짜냐?"

"당연하죠. 제가 아무리 술에 취했기로서니, 그런 것을 두고 거짓말을 할 정도로 간이 크지는 않아요."

에낙스의 얼굴에는 여전히 불신이 남아 있었지만 다시 몽둥이를 들어 올리지는 않았다.

그 모습을 확인한 소튼은 안도의 한숨을 내뱉었다.

"따라와라."

에낙스는 소튼을 데리고 사람들의 눈과 귀를 피할 수 있는 곳으로 자리를 옮겼다.

두 사람이 찾은 곳은 테라스였다.

개방된 곳이었기에 누군가 몰래 숨어서 엿듣는 것이 어려웠다.

"이제 그것 좀 치우면 안 될까요?"

소튼은 에낙스가 들고 있는 몽둥이가 계속 신경 쓰였다.

"편지와 술집이 무슨 상관인지부터 설명해라. 몽둥이는 그걸 들어 보고 나서 치우든지 말든지 할 테니까."

"그날 있지 않습니까. 라칸 님께서 신관님을 데리고 떠나시던 날요."

"코렌스에서 전령이 왔을 때를 말하는 것이냐?"

"네. 그날입니다. 아버지가 이 건물을 알아보시는 동안 수석 서기관님이 저를 부르셨습니다."

"그런 일이 있었다고?"

"그렇다니까요. 믿지 못하시겠다면 수석 서기관님을 찾아뵙고 물어보세요."

소튼이 당당하게 말하자 에낙스는 의심을 거두었다.

"알았다. 그래서 무슨 일 때문에 그런 것이냐?"

"저도 자세한 사안은 알지 못합니다. 단지 자신을 대신해 사람을 찾으라 하셨습니다."

"사람?"

"네. 총 5명인데, 서부 지역 곳곳에 흩어져 있더라고요. 앞으로 코렌스와 아네스를 다녀야 할 제가 그들을 직접 찾으러 다닐 수는 없지 않겠습니까."

"사람을 구하려고 술집을 다녔단 말이냐?"

"믿을 만한 용병을 알아보려고 했던 겁니다. 거대한 아네스인 만큼 용병들도 넘쳐 납니다. 그중엔 사기꾼들도 존재할 테니까요."

"술집에서 용병들을 알아보았단 말이구나."

"칼 밥을 먹고 사는 자들이 일이 끝난 후 찾는 건 술 아니면 여자입니다. 당연히 그런 곳을 찾아가야죠."

"그래서 믿을 만한 자들을 알아봤냐?"

소튼이 자신 있게 대답했다.

"물론이죠. 1년 이상 아네스에서 활동한 자들을 위주로 명단을 만들어 놨습니다."

에닉스는 몽둥이를 바닥에 내려놓고 소튼에게 손을 내밀었다.

"줘 봐라."

소튼은 술집을 드나들면서 작성해 온 용병 명단을 품에서 꺼냈다.

"혹시 모르니 다시 한 번 더 확인해 봐야 할 겁니다. 그리고 괜찮은 자들은 상단에서 고용해도 좋을 것 같습니다."

소튼은 오늘 죽다 살아났음을 느꼈다.

"점심 먹고 출발하면 될 것 같은데, 가능하겠나?"

익스의 물음에 라칸이 부동자세로 대답했다.

"가능합니다."

나무노래성은 새벽녘부터 시끄러웠다.

요정 마을에서 1선단이 도착했다는 소식이 전달되었기 때문이다.

1선단이 도착했다는 소식에 익스는 직접 요정 마을을 방문하기로 했다.

이번 항해를 통해 요정 대륙에서 넘어오는 것들이 매우 중요했기 때문이다.

"다른 연락은?"

"없었습니다."

자정이 지나서 1선단이 요정 마을 앞바다에 도착했다.

원래대로라면 1선단은 요정 마을 앞에 모습을 드러내서는 안 됐다.

마법 등이 설치되어 있다고는 하지만 깜깜한 밤에 해안가로 접근했다가는 큰 사고로 이어질 수도 있었기 때문이다.

'그만큼 익숙하단 소리겠지.'

그래도 대단히 위험한 일이었기에 익스는 이번에 찾아가서 주의를 줄 생각이었다.

"나가면서 밖에 있는 노리스 신관에게 들어오라 전하게."

라칸이 물러나고서 노리스가 집무실 안으로 들어섰다.

익스는 노리스의 인사를 웃는 얼굴로 받아 주었다.

"오늘도 사나운 도끼를 괴롭히고 있었나?"

"괴롭히다니요. 그저 궁금한 것들이 있어 물어본 것뿐입니다."

"짐은 자네가 백마법사에게 흥미를 느낄 줄 알았는데."

"마티엔 님은 만나 뵙는 것만으로도 충분했습니다. 그리고 무엇보다 백마법에 대한 기록은 교단 지하 서고에 많이 남아

폐황제가
되었다

있습니다."

"백마법에 대해선 알 만큼 알지만 하이오크는 생소하다는 것이군."

"그들의 신앙에 대한 궁금증으로 질문이 많아졌던 것 같습니다."

"꽤 집요했던 것 같은데. 사나운 도끼가 자네를 끈질기고 귀찮은 인간이라 평할 정도였어."

노리스가 고개를 조아렸다.

"앞으로 자중하겠습니다."

"그런 뜻으로 한 말은 아니야. 사나운 도끼가 그리 말하긴 했지만 기분 나빠한 것은 아니었어. 귀찮지만 서로를 이해하려면 필요한 부분이라고 했으니까."

노리스의 얼굴이 밝아졌다.

"그러면 부담 없이……."

익스가 노리스의 말을 잘랐다.

"그래도 적당히 해야지. 물어볼 것이 있으면 미리 약속을 잡고 시간을 정한 다음에 찾아가도록 하게. 알겠나?"

"주의하겠습니다."

"사나운 도끼가 부탁한 일은 이 정도면 됐고, 이젠 자네가 결정을 내려 주어야 할 때가 되었어. 어떤가? 영웅이 될 마음의 준비는 된 것 같은가?"

"소관은……."

"자네가 영웅이 된다면 짐으로서는 좋은 일이고, 태양 신 교단으로서도 좋은 일일세. 그것뿐만 아니라 수많은 사람의 목숨까지 살릴 수 있지."

노리스는 한참을 고민했다.

하지 않은 일을 했다고 말만하면 수많은 이들이 자신을 존경하고 경외할 것이다.

그 옛날 하늘 신 교단의 신관들처럼.

존경과 경외는 하늘 신 교단에 오만함을 심어 줬고, 오만함은 일종의 선민사상으로 발전했다.

노리스는 이처럼 태양 신 교단이 하늘 신 교단의 전철을 밟을 것만 같아 두려웠다.

"시간을 더 주긴 어려울 것 같은데. 어서 결정해. 자네가 어렵다면 다른 신관을 찾아봐야 해."

노리스는 무엇인가를 한참 생각하다가 익스와 눈이 마주치자 이내 답했다.

"하겠습니다."

"좋아!"

"소관은 앞으로 어찌하면 되겠습니까?"

"새로운 황도가 될 나무노래성 근처에 신전을 세워야지. 오대 교단이 생겨나기 전에 그랬던 것처럼 말이야."

노리스는 황제의 뜻이 무엇인지 선뜻 이해하기 어려웠다.

"소관이 생각하기에는 폐하께서 말씀해 주신 모든 것이 저희 교단에 유리한 것들뿐입니다."

"그러면 좋은 일이 아닌가."

"상호 간의 거래에 있어서 이익이든 손해이든 한쪽에게 일 방적인 것이라면 그러한 거래는 결국 오래가지 못한다고 배 웠습니다."

"요즘은 수도회에서 정치도 가르치나 보군."

노리스가 자조적인 얼굴로 답했다.

"오대 교단이 성립되면서 수도회의 가르침 중에 비공식적 이긴 하지만 정치도 포함되었습니다."

"하긴 오대 교단 간의 경쟁이 치열하다는 것은 알고 있었으 니까. 그리고 자네가 오해하는 것이 있는데, 태양 신 교단이 협조함으로써 짐도 챙기는 이익이 있다네."

"무엇인지 알 수 있겠습니까?"

"일단 흑마법사들이 코렌스로 들어오지 못하겠지. 이번 일 로 상당한 타격을 받아서 이전처럼 활동하진 못하겠지만 놈 들을 완전히 뿌리 뽑긴 힘들 거야."

이전이라면 아니라고 답했을 노리스였지만 이젠 아니었다.

오대 교단에 의해 시작되었던 마법사 척살의 시대에서도 살 아남은 자들이다.

"그럴 것 같습니다."

"코렌스에 태양 신 교단의 신전이 있고, 수많은 신관이 포 교를 위해서 활동한다고 생각해 보게. 그자들이 과연 발을 들여놓을 수 있을까?"

"함부로 오지 못할 것 같습니다."

"적어도 코렌스 내에서는 흑마법사들 걱정 없이 맘 편히 지낼 수 있을 걸세. 그것만이 아니야."

익스는 태양 신 교단 신전이 코렌스에 세워짐으로써 벌어질 일들을 설명해 나갔다.

익스의 설명이 이어질수록 노리스의 입이 크게 벌어졌다.

'도대체 폐하는 어디까지 내다보고 계신 것이란 말인가.'

원하던 아이템

코렌스 1가도.

나무노래성에서 시작해 새로운 그물 마을과 북쪽 해안가에 자리 잡은 요정 마을까지 연결하는 가도를 칭하는 명칭이다.

노움의 기술력, 하이오크의 힘, 인간의 끈질김이 합해져 이루어 낸 업적이었다.

노움이 측정한 1구간 가도의 길이는 45km다.

이 엄청난 거리를 단 4~5개월 만에 뚝딱 만들어 버린 것이다.

이것이 가능했던 것은 1구간이 대부분 평지라 공사 난이도가 그리 높지 않았기 때문이다.

여기서 가장 중요한 역할을 한 것은 하이오크의 힘이었다.

하이오크의 힘은, 비유하자면 지구에서 보던 건설기계와 같았다.

하이오크 3명이 모이면 포클레인이 부럽지 않을 정도였으니까. 물론 금방 지치긴 했지만.

코렌스 1가도는 익스의 의견이 반영되어 왕복 4차선으로 만들어졌다.

거기에 가도 양쪽에 인도까지 만들어 놓았다.

말, 마차, 수레는 차도만 이용하고, 인도는 사람만 이용할 수 있도록 구분 지은 것이다.

이뿐만이 아니었다.

중앙선을 이용해 상행과 하행을 나누어 이용하는 개념을 도입했다.

코렌스 1가도는 익스가 요새에 틀어박혀 있을 당시에 완공되었다.

원래대로라면 그럴듯한 완공식을 가졌을 테지만 흑마법사들로 인해 그러한 자리는 마련되지 않았다.

그렇다고 완공식을 가질 때까지 가도를 막아 놓을 수도 없어서 곧바로 백성들에게 개방했다.

그런데 평소라면 바삐 오고 가는 수레로 가득했을 가도가 오늘은 달랐다.

상행이고 하행이고, 수레를 차도 끝에 밀착시키고 대기 중이었다.

인도에 몰려 있는 백성들도 상당수였다.

이동이 제한되면 불평이 나올 만도 한데 백성들은 묵묵히 기다렸다.

"언제쯤 지나가시려나?"

"금방 오실걸."

"폐하의 얼굴을 좀 볼 수 있겠지?"

"봐서 뭐 하려고."

"소문 못 들었어? 폐하께서 신의 축복을 받으셨잖아. 그래서 폐하의 얼굴을 보면 횡재를 할 수 있대."

"처음 들어 보는데."

"답답하네. 사람 말 좀 듣고 살아라. 전에 폐하께서 물품거래소 앞에서 1천 마리가 넘는 말 무리를 제압하셨잖아. 그건 알지?"

"그건 나도 듣긴 했지. 그런데 진짜 1천 마리가 맞아? 어떤 사람들은 500마리라고 하던데."

"이 자식아, 숫자가 중요하냐? 수백이든 수천이든 간에 그 어마어마한 말 무리를 제압한 것이 중요한 거지."

"그렇긴 하네. 그래서 그게 어쨌다는 건데?"

"거기서 폐하의 얼굴을 봤던 애들이 다들 대박 났다고 하더라."

"그래?"

"그렇다니까. 너 15인회 상단 알고 있지?"

"들었어. 폐하께서 인수하셨다고 말이야."

"15인회 상단 주인도 그 자리에 있었다고 하더라. 그것뿐만이 아니야. 우리 옆에 사는 놈도 그때부터 운이 트여서 이번에 집을 새로 마련했다니까."

"그럼 나도 한번 봐야겠네."

"그래, 잘 생각했어. 가도의 통행이 제한되어 있는 것도 다들 폐하의 얼굴을……."

백성들이 황제를 눈 빠지게 기다리고 있을 때였다.

마차와 말이 가도를 점령하고서 달리고 있었다.

두 대의 마차 양옆으로 회색 천으로 온몸을 감싼 자들이 말에 오른 채 나란히 이동했다.

마차의 앞과 뒤로는 태양 문양이 새겨진 가슴 보호구를 착용하고 있는 근위병이 자리 잡고 있었다.

하이오크와 근위병의 호위를 받는 자는 코렌스에서 황제가 유일했다.

"저기 오신다!"

"폐하께서 오신다!"

백성들은 황제의 얼굴을 보고자 했지만 안타깝게도 이번에는 그 기회를 얻지 못했다.

익스는 백성들의 염원을 알지 못한 채 마차 안에서 허공을 바라보고 있었다.

만약 누군가가 마차 안을 들여다봤다면 익스의 행동을 이

폐황제가
되었다

상하게 여겼을 것이다.

익스가 허공을 바라본다는 것은 적은 확률로는 멍을 때리는 것이었고, 많은 확률로는 시스템을 살피는 것이었다.

이번엔 후자에 속했다.

익스는 마차 안에서 시스템을 활성화시켜 놓은 상태였다.

아이템 상점을 업그레이드하고 처음으로 시도한 범주 추가에서 나온 씨앗.

익스는 새로운 범주인 씨앗을 바라보았다.

'이걸 어떻게 해석해야 하나?'

씨앗 범주에 들어간 2개의 아이템은 익스에게 익숙한 것들이었다.

─(씨앗)고추 C1/배추 C1/교체 C5

이것을 보고 있노라면 김치밖에 떠오르지 않았다.

'김치를 해 먹으라는 거냐?'

황당하긴 했지만 딱히 나쁠 건 없었다.

제국의 식문화라는 것이 한국의 것과는 거리가 많이 멀었으니까.

채소와 과일로 속을 달래긴 했지만 한국 사람으로서 그것만으로는 부족했다.

매일같이 이어지는 고기 식단에 익숙해지긴 했지만 그래도 김치를 먹을 수 있다면 그것만으로도 익스에게는 가치 있는 일이었다.

김치를 먹을 수 있을지도 모른다는 생각에 익스는 입맛을 다시며 중얼거렸다.

"이왕 줄 거면 젓갈이랑 무도 주면 좋겠는데. 그래야 김치를 담그지."

익스는 범주(+C200)라는 메시지를 노려보았다.

"야, 너 설마 정말 젓갈을 주진 않겠지?"

시스템이라면 그러고도 남을 놈이다.

익스는 왠지 모를 불안감에 시스템을 종료할까 했지만 이내 고개를 흔들었다.

언제까지 포인트를 쌓아 놓기만 할 수는 없는 일이었다.

뭐라도 하긴 해야 했다.

'마을을 건설할 포인트를 빼더라도 넉넉하긴 해.'

가축, 성벽, 광물, 주택, 빵, 씨앗.

이렇게 6개의 범주가 있었지만 포인트를 소모해 구매할 정도로 매력적인 것은 없었다.

가축은 이미 충분했고, 성벽과 주택 같은 경우에는 괜히 만들었다가 노움들에게 질책을 받을 수 있었다.

급하지 않다면 굳이 구입할 필요는 없었다.

빵 범주는 볼 때마다 이가 갈렸다.

그나마 씨앗의 경우에는 호빗에게 건네주면 유용하게 사용

될 듯싶었다.

'영 아니다 싶으면 씨앗이라도 다양하게 확보하자.'

고추와 배추 씨앗을 사 놓고 아이템을 교체한다면 새로운 씨앗이 나타날 것이다.

익스는 이러한 방법으로 다양한 작물을 확보할 생각이었다.

마지막으로 광물도 좋은 자원이긴 했다.

익스도 얼마 전까지 구리와 은을 구입할 생각이었다.

코렌스는 모든 면에서 빠르게 발전하고 있었고, 그중에서 첫손에 꼽히는 것이 상업이었다.

상거래가 활발하게 이루어지면서 화폐 수요가 하루가 다르게 상승 중이었다.

오죽하면 물품 거래소에 속한 환전부를 독립시켰을까.

코렌스에 한해서 사용할 화폐라면 유적지에서 얻은 것만으로도 충분했다. 그러나 익스는 코렌스에서 멈출 생각이 없었기에 에쉬에게 도움을 요청했다.

금과 은, 구리를 구해 넘겨줄 테니 화폐를 만들어 달라고 말이다.

익스는 여기에 C포인트를 투입하려 했으나 에쉬는 별것 아니라는 듯 대답했다.

그때를 떠올리면 익스는 지금도 헛웃음이 흘러나왔다.

"금과 은이라면 우리들 고향에 널리고 널렸어. 얼마든지 만들어 주지. 어차피 그건 가끔 조각품을 만들 때나 사용하는 것이니까. 그런데 구리는 우리도 꽤나 아끼는 것이라 대가를 받아야 할 것 같아."

익스로서는 생각지도 못한 일이었다.

"노움분들도 보석 같은 걸 좋아하시지 않습니까?"

"좋아하지. 그런데 금이랑 은은 우리 취향이 아니야. 우리에게 있어서 보석이란 다양한 색깔을 지니고 있는 것들이지. 금이랑 은은 밋밋해서 좋아하지 않아."

"그렇게 따지면 구리도 마찬가지 아닙니까?"

"구리와 철은 우리가 무엇을 만들 때에 꼭 필요한 것들이라서 그냥 주기는 어렵지."

"그러면 색깔 있는 보석들을 넘겨드리면 금과 은을 더 얻을 수 있습니까?"

"그러면 우리야 좋지. 우리도 그렇고 호빗도 그렇고, 색깔 있는 보석은 결혼할 때 꼭 필요한 것이거든. 금과 은으로 색깔 있는 보석을 얻을 수 있다는 걸 알면 결혼을 앞둔 사내들이 당장 광산으로 뛰어갈 걸세."

"구리를 넘겨드려도 좋아하시겠군요."

"구리는 됐네. 우리 쪽에도 아직 개발되지 않은 구리 광산이 많아. 이왕이면 색깔 있는 보석을 주게나. 그게 아니면 마법 물품도 좋고 말이야."

에쉬를 통해 금화와 은화가 확보되자 광물 범주도 필요 없는 존재가 되어 버렸다.

하지만 아이템 상점을 언제까지 쓸모없는 존재로 남겨 둘 수는 없다.

남아 있는 퀘스트 4개도 머지않아 완료될 것이다.

C포인트가 대량으로 들어올 것이 예상되는 만큼, 사용 준비를 해 놓아야 하지 않겠는가.

"이번에는 끝을 본다."

익스는 범주 추가를 시도했다.

—C포인트 200을 소모해 아이템 상점 범주를 추가하시겠습니까?

익스는 간절히 기도했다.

오대 주신은 물론이고, 알고 있는 신을 모조리 소환해 냈다.

—아이템 상점에 새로운 범주인 가죽이 추가됩니다.

–보유 C포인트 : 5,040

–(가죽)소가죽 C1/양가죽 C1/교체 C5

익스는 살짝 이를 갈았지만 재빨리 숨을 골라 치밀어 오르는 화를 가라앉혔다.

"좋게 생각하자. 빵이나 젓갈 같은 것이 안 나온 것만으로도 고마운 거잖아."

어차피 C포인트는 넉넉히 남아 있었다.

새로운 마을 건설에 필요한 C포인트는 3,500이다.

"누가 이기나 해 보자. 하다 보면 하나라도 건지겠지."

익스는 범주 추가를 재차 시도했다.

–군주 지원 시스템에서 알려 드립니다. 아이템 상점에 허용된 범주는 총 7개입니다. 새로운 범주를 추가하려면 현재 개방된 7개의 범주 중 하나를 삭제하셔야 합니다.

–범주를 하나 삭제해 새로운 범주를 추가하시겠습니까?

"이놈의 시스템엔 뭔 놈의 제약이 이리 많아!"

어차피 필요 없는 범주가 있긴 했다.

빵 같은 경우에는 쓸 일이 없었기에 익스는 크게 고민하지 않았다.

-빵 범주 삭제를 선택하셨습니다. 해당 범주가 삭제되었습니다.

익스는 아이템 상점을 노려보며 중얼거렸다.
"빵보다 못한 게 나오기만 해 봐. 진짜 가만 안 둔다."
익스의 협박이 통했던 것일까?

-아이템 상점에 새로운 범주인 인재가 추가됩니다.
-보유 C포인트 : 4,840

익스는 눈을 부릅떴다.
"이, 인재라고!"
생각지도 못한 범주의 등장에 익스는 잠시 멍해 있다가 두
팔을 들어 올려 만세 동작을 취했다.
"그렇지! 진작 나왔어야지!"
범주 삭제로 생겨난 불평불만은 이미 사라진 지 오래였다.
인재라면 현재 익스에게 가장 필요한 것이었다.
무엇보다 인재는 많을수록 좋은 것이 아니겠는가.
익스는 두근거리는 심장을 진정시키고 아이템 상점 목록을
확인했다.

-(인재)D(C500)/C(C1,000)/교체(C5)

"음…….”

D와 C가 인재의 등급을 뜻한다는 것은 길게 고민하지 않아도 알 수 있었다.

인재 구입에 필요한 포인트가 생각보다 높아 놀라긴 했지만 크게 신경 쓰지 않았다.

익스가 고민하는 것은 아이템 교체였다.

교체 비용은 상대적으로 저렴하니, 5포인트를 사용해 교체를 하면 A나 S급 인재가 나오지 않을까 싶어서였다.

'결국 확률인데.'

인재 등급의 가장 아래가 어디인지 알 수가 없었다.

만약 E와 F가 존재한다면 어쩌겠는가.

G급 인재가 나올 수도 있었다.

"해 봐?”

지금까지 아이템 교체는 시도해 본 적이 없었기에 선뜻 나서기가 어려웠다.

"A급만 나와도 대박이긴 한데.”

-인재 범주에 있는 아이템 교체를 실시합니다.

-(인재)E(C300)/F(C150)/교체(C5)

-보유 C포인트 : 4,835

"으악!”

결국 익스는 일곱 차례나 더 아이템 교체를 진행하고 나서야 인재 범주를 원상태와 비슷하게나마 복구시켜 놓을 수 있었다.

－(인재)C(C1,000)/F(C150)/교체(C5)
－보유 C포인트 : 4,800

익스는 시스템을 노려보며 중얼거렸다.
"치사한 자식!"

홀겐과 다섯 천재들

　설리반은 1선단이 도착했다는 소식을 들었지만 곧바로 부두로 나가지 못했다.

　1선단이 도착하기 전에 끝내 놓으려고 했던 일을 마무리 짓지 못해서다.

　'뭘 이렇게 빨리 온 거야. 천천히 좀 오지.'

　요정 마을에 적을 두고 살아가는 자들이나 방문자들이 설리반의 이런 반응을 보았다면 의아함을 느꼈을 것이다.

　요정 마을은 대단히 평화로웠고, 별다른 문제가 없어 보였으니까.

　그러나 이는 백조가 물에 떠 있는 것과 마찬가지였다.

　수면 위의 백조는 우아해 보이지만 수면 아래에서는 열심히 발을 움직인다.

요정 마을도 겉보기에는 모든 것이 순조로워 보이지만 이는 설리반을 비롯한 하급 관료들이 관청에서 발바닥에 물집이 잡힐 정도로 뛰어다닌 결과였다.

그렇다면 무엇이 문제일까?

눈여겨봐야 할 것은 요정 마을의 구성원이었다.

요정 마을에 살아가는 자들을 머릿수로 나열하자면 다음과 같다.

하이오크, 인간, 노움, 호빗 순으로 이어진다.

그물 마을에 있어야 할 인간이 어째서 요정 마을에 있냐 싶을 것이다.

간단히 설명하자면 일자리에 맞춰 거주지를 정한 탓이었다. 이렇듯 다양한 종족이 모여 사니 서로 간의 오해가 생겨날 수밖에 없었다.

설리반은 이러한 문제를 해결하고자 발로 뛰었다.

다툼이 발생하면 곧바로 달려가 다른 점을 이해시키고 고민에 고민을 거듭해 나름의 절충안을 내놓았다.

설리반이 마무리 짓지 못한 일이라는 것은 다양한 종족 간에 있었던 오해를 어떻게 풀어 나갔는지 그 과정을 기록하는 것이었다.

그렇다면 설리반이 기록을 남기는 이유가 무엇일까?

요정 마을에 새롭게 부임할 관리관에게 넘겨주기 위함이었다.

즉 인수인계를 위해서였다.

"이 정도면 충분하겠지."

설리반은 두툼한 종이 뭉치를 정리하고서 자리에서 일어나 관리관실을 빠져나왔다.

"엇! 관리관님."

"부두로 갈 겁니다. 별 탈 없지요?"

설리반의 물음에 하급 관료는 재빨리 대답했다.

"사고가 있었다면 곧바로 보고되었을 겁니다. 연락이 없는 것으로 보아 별다른 문제는 없어 보입니다."

여러 차례 하역 작업을 경험했던지라 부두에 나가 있는 하급 관료들이 적절히 관리하고 있을 것이다.

'그래도 이번 물건은……'

설리반이 이번에 하역되는 물건을 떠올리며 막 관청을 나서려고 할 때였다.

관청 입구에서 생각지도 못한 사람과 마주하게 되었다.

"할아버지……"

설리반을 놀라게 만든 당사자는 홀겐이었다.

그는 얼굴에 미소를 띠며 말했다.

"손자 얼굴 한번 보기가 힘들구나."

"할아버지께서 여긴 왜?"

"이놈아, 할아버지가 먼 길을 왔으면 안으로 들일 생각을 해야지, 언제까지 여기에 세워 놓을 생각이냐!"

　설리반은 홀겐과 함께 관청에 있는 관리관실로 들어왔다.
　홀겐은 관리관실을 둘러보다가 책장에 동그랗게 말린 채
로 놓여 있는 종이를 꺼내 펼쳤다.
　"일이 많긴 많은 모양이구나."
　"여기까지 무슨 일이십니까?"
　홀겐은 종이에서 눈을 떼지 않고 답했다.
　"무슨 일은, 네가 서신을 보내지 않았더냐."
　설리반은 눈을 껌뻑였다.
　자신이 보낸 서신이라면 수염 고래 마을에서 재능 있는 자
들을 보내 달라고 부탁한 것이었다.
　설리반이 원했던 것은 재능은 있으나 아직 수염 고래 마을
에서 자리를 잡지 못한 청년들이었다.
　그런데 느닷없이 은퇴한 할아버지가 온 것이다.
　"왜, 내가 온 것이 못마땅하냐?"
　설리반이 양손을 가슴팍에 올리고 흔들었다.
　"아니요. 무슨 말씀을 그리 섭섭하게 하십니까. 단지 할아
버지를 여기서 만나 뵙게 될 줄은 미처 생각지 못해서 그런 것
입니다."

"그렇게 생각한다면 다행이구나. 깐깐한 손자 놈이 먼저 와서 자리를 잡았다고 텃세라도 부리면 어쩌나 걱정했는데 말이야. 네 반응을 보니 같이 온 원로들을 안심시킬 수 있겠어."

"제가 그럴……."

설리반은 도중에 말을 멈출 수밖에 없었다.

홀겐의 마지막 말이 귓가에 메아리쳤기 때문이다.

'워, 원로들?'

설리반은 마른침을 삼키고 물었다.

"바, 방금 원로들이라 하셨습니까?"

"폐하께서 능력 있는 자들을 원한다 하시기에 나와 함께 왔다."

수염 고래 마을에서 원로라고 불리는 자들은 과거, 홀겐을 보필하였던 다섯 명의 천재들뿐이다.

설리반의 얼굴이 하얗게 변했다.

"설마 그분들도……."

홀겐이 고개를 끄덕였다.

"무려 폐하께서 요청하신 일이 아니냐. 나를 비롯해 같이 온 원로들이라면 폐하께 실망을 안겨 드릴 일은 없을 게다."

홀겐의 말이 옳았다.

'할아버지와 그분들이라면 확실히 폐하께서 좋아하시겠지.'

다만, 홀겐과 다섯 천재들은 설리반에게 있어 어렵고 두려운 존재들이었다.

그의 실질적인 스승들이었으니까.

오죽하면 설리반이 할아버지와 다섯 악마들이라는 별칭을 붙였을까.

"맞는 말씀이긴 한데 어째서……?"

"어째서는 뭐가 어째서야. 검은 깃털 부족의 원로들이 이곳으로 넘어온 것을 보고 본받았을 뿐이다. 아이들이 우리 눈치를 보는 것도 신경 쓰이고 말이야."

설리반은 이번 일을 돌이킬 수 없음을 깨달았다.

'은밀히 진행할걸.'

늑대송곳니를 통해 자신이 원한 자들을 몰래 데려왔다면 오늘과 같은 일은 벌어지지 않았을 것이다.

"이렇게 우리가 자리를 비워 준다면 아이들도 마음 편히 마을을 다스릴 수 있을 것 아니냐."

활짝 웃는 홀겐을 보며 설리반은 남몰래 속으로 한숨을 내뱉었다.

'폐하는 물론이고, 이젠 스승님들 눈치까지 봐야 하잖아. 미치겠다, 정말.'

설리반의 속마음을 아는지 모르는지, 홀겐의 얼굴에서는 미소가 떠나지 않았다.

"어서 폐하를 만나 뵙고 싶구나."

홀겐에게도 신의 축복이 있는 것일까?

그의 말이 끝나기 무섭게 하급 관료가 관리관실로 뛰어 들어와 소리쳤다.

"폐하께서 도착하셨습니다."

　요정 마을의 관청 관리관실에 있는 원형 탁자에 3명의 사내가 앉아 있었다.

　중앙을 차지한 것은 익스였고, 오른쪽에는 설리반이, 왼쪽에는 인간이 아닌 호빗이 있었다.

　호빗의 정체는 에쉬와 포겔의 추천으로 요정 마을로 건너온 빌토르였다.

　"둘러보니 어떠십니까?"

　익스의 물음에 빌토르가 반듯한 자세로 답했다.

　"다양한 종족이 함께 살아가는 마을은 처음 접해 봅니다. 그래서 더욱 인상적이었습니다."

　빌토르는 이전에 만났던 호빗족과 사뭇 달랐다.

　호빗족은 특유의 쾌활함으로 인해 가벼운 듯한 인상을 풍겼으나 빌토르는 진중했다.

　말 한마디, 한마디를 신중하게 내뱉는 호빗이었다.

　"여기 있는 설리반이 인수인계를 잘해 주겠지만 다양한 종족이 모여 사는 곳이라 종종 크고 작은 문제가 발생할 겁니다. 어려움이 있다면 언제든 나무노래성으로 사람을 보내 주세요."

빌토르가 고개를 숙이며 정중히 대답했다.

"최선을 다하도록 하겠습니다. 네르한의 말씀처럼 어려운 일이 있다면 나무노래성으로 연락을 드리겠습니다."

호빗이 호빗답지 못하니 익스로서는 여간 불편한 것이 아니었다.

"편히 말씀하시죠. 저는 인간들의 황제일 뿐입니다."

빌토르가 고개를 흔들었다.

"저는 네르한에게 예를 다하는 것뿐입니다. 인간들의 황제에게는 관심 없고, 신경 쓰지도 않습니다."

익스는 좀 더 설득해 보려고 했지만 빌토르의 단호한 눈빛에 포기하고 말았다.

'이렇게 고지식한 호빗이 있다니. 이 정도면 돌연변이급인데.'

익스는 속내를 감춘 채 일단 고개를 끄덕였다.

"알겠습니다. 각자 편한 대로 하면 되는 것이죠. 앞으로 마을을 잘 부탁합니다."

"네르한을 실망시켜 드리는 일은 없을 것입니다."

고지식하긴 했지만 그래서 더욱 믿음직스러워 보였기에 익스는 만족감을 드러냈다.

'이러면 설리반을 남부로 보낼 수 있지.'

설리반을 언제 내려보낼지 고민하던 익스의 시야에 시스템 메시지가 나타났다.

-제국 최초로 이종족을 마을 관리관으로 임명하였습니다.
-새로운 스토리를 창출하였습니다.
-S포인트 200 획득.
-호빗 빌토르가 사용자를 섬김에 따라 가신으로 등록됩니다.
-네르한의 칭호를 유지할 때까지 호빗은 절대 배신하지 않습니다.
-요정 마을 개발도 소폭 상승.
-노움 이주 소폭 상승.
-하이오크 이주 소폭 상승.
-호빗 이주 대폭 상승.

'호오.'
익스는 생각지도 못한 보너스에 얼굴이 환해질 수밖에 없었다.

"네르한께서 저에 대한 기대가 크신 모양입니다. 아직 아무것도 증명한 것이 없음에도 이렇게 믿어 주신다면 더욱 노력하도록 하겠습니다."

빌토르가 오해를 한 것 같지만 굳이 풀어 줄 필요는 없을 것 같았다.

"에쉬 님과 포겔 님의 추천입니다. 당연히 믿을 수밖에요."

순간 빌토르의 표정이 살짝 변했지만 익스는 그리 신경 쓰지 않았다.

빌토르는 마을을 좀 더 둘러보겠다며 자리에서 일어나 관리관실을 빠져나갔다.

익스는 빌토르가 나간 것을 확인하고 설리반에게 물었다.

"빌토르와 대충 이야기를 해 보았을 것 같은데. 어떨 것 같나?"

설리반이 곧바로 대답했다.

"짧은 시간이긴 했지만 확실히 여느 호빗과 많이 달랐습니다. 무엇보다 폐하께서 고안하신 황실 숫자를 그 자리에서 습득할 정도였습니다."

"빌토르가 똑똑하다는 것은 이미 들어서 알고 있어. 짐이 묻고자 하는 것은 고지식함이야."

"소신의 조부가 빌토르와 함께 배를 타고 오면서 많은 이야기를 나눠 보았다고 하셨습니다. 조부께서 평가하기를 자기 자신에게 너무 엄격한 인물이라 하셨습니다."

"남에게 엄격함을 강요하지는 않는다는 이야기군."

"그러하옵니다. 조부와 의견이 갈리는 경우에도 냉정함을 잃지 않았다고 했습니다."

설리반의 이야기를 듣던 익스가 고개를 갸웃거리며 물었다.

"그런데 말이야. 자네, 표정이 왜 그러지?"

"표정이라니요?"

"조부를 언급할 때마다 눈을 찌푸리더군. 지금도 얼굴이 일그러져 있단 말일세."

설리반은 강하게 부정했다.

"아닙니다. 그럴 리가 있겠습니까."

"아니긴, 여전히 얼굴이 일그러져 있는데. 자네, 설마 조부와 사이가 좋지 않은 건가?"

"그런 것이 아닙니다."

"그게 아니면 표정이 왜 그런 건데?"

설리반이 난감한 표정으로 한숨을 내뱉었다.

"그것이……. 휴우, 이번에 오신 분들이 소신의 스승님들입니다."

"스승님이라면 어려울 수도 있겠지. 그렇다 할지라도 자네의 반응은 과한 면이 있어."

익스가 설리반을 뚫어지게 바라보다 말을 이었다.

"엄한 스승이었나 보군."

"꼭 그렇진 않습니다. 엄하기보다는 그분들 모두 마을에서 손에 꼽히는 천재들이신지라 그분들 말씀은 하나하나가 어린 저에겐 어렵기만 했습니다. 그러다 보니 아무래도 ……."

"트라우마군."

"그게 무슨 뜻입니까?"

"마나어일세. 과거의 경험으로 인한 심리적 불안감을 간략하게 표현한 것이지."

"트라우마라……. 음, 그와 비슷한 것 같습니다."

"어차피 자넨 인수인계가 끝나면 남쪽으로 내려가야 해. 스승들과 마주할 일은 거의 없을 거야."

익스는 설리반을 위로하고서 밖에서 대기 중인 수염 고래 마을의 원로들을 불러들였다.

그 시각 기네스는 일행을 이끌고 하늘 길 요새로 들어섰다.

폐황제가
되었다

시스템 보관함

파렌 가문의 영지를 지난 기네스는 익숙한 오르막길 앞에 섰다.

'응?'

하늘 길 요새로 오르는 길.

코렌스와 아네스를 수시로 드나드는 기네스에게는 너무도 익숙한 곳이었다.

그런데 어찌 된 일인지 달라져 있었다.

오르막길 왼쪽 숲 일부가 사라진 상태였다.

'정말 흑마법사가 온 모양이야.'

파렌 가문의 영지에서 얼마 전 늦은 밤에 엄청난 굉음과 섬뜩한 짐승의 울음이 울려 퍼졌다고 했었다.

'괜찮겠지?'

황제의 얼굴이 떠오른 기네스는 고개를 좌우로 흔들어 걱정을 털어 냈다.

'누가 누굴 걱정해. 폐하가 어디 보통 분인가.'

코렌스에 틀어박혀 있음에도 제국 전체를 꿰뚫어 보는 자가 황제였다.

흑마법사들이 난리를 칠 거라는 것도 이미 예측하지 않았던가.

당연히 멀쩡할 것이다.

어쩌면 남부 지역에 내려간 놈이 빨리 오지 않는다고 구시렁구시렁하고 있을지도 모르는 일이었다.

"괜찮겠죠?"

기네스와 나란히 말을 몰고 있던 헤레로의 물음이었다.

기네스 일행이 가지고 있던 마차와 짐수레 두 대는 마차 한 대와 말 2마리로 줄어들었다.

코렌스와 가까워지면서 처분하고 몸을 최대한 가볍게 했던 것이다.

기네스가 마차를 슬쩍 돌아보았다.

"저기 말이냐?"

"네. 요즘에 너무 조용하지 않습니까. 어디 아픈 것이 아닐까요?"

"멀쩡하다."

"갑자기 조용해지니까 신경이 쓰이네요."

"얼마 전까지만 해도 시끄러워서 짜증이 난다고 했던 것 같은데."

헤레로가 어색하게 웃음 지었다.

"저도 모르는 사이에 적응해 버렸나 봐요. 너무 조용하니까 심심하네요."

"생각할 게 많아서 그런 걸 테니, 신경 쓰지 마."

시끄러운 유벤이 조용해진 것은 서부 지역에서 접하게 된 소문 때문이었다.

토벌군의 승승장구, 그리고 태양 신 교단 신관들의 활약까지.

'안 그래도 가뜩이나 생각이 많은 녀석인데 그런 소문을 들었으니……'

기네스가 헤레로와 이런저런 이야기를 나누는 사이, 일행은 어느새 하늘 길 요새 앞에 도착했다.

성문으로 다가가 기네스가 신분을 밝히는 동안 쌍둥이 형제는 하늘 길 요새를 구경했다.

"어마어마한걸."

"하늘 길 요새가 엄청나다고 많이 듣기는 했지만 상상 이상이야."

막시와 헤레로는 성벽을 보고 감탄을 금치 못했다.

"오틀라스 성벽보다 높은 것 같지 않아?"

"그런 것 같아."

"도대체 왜 이런 변방에 왜 이리 무식하게 성벽을 쌓은 걸까?"

막시의 물음에 헤레로는 어깨를 으쓱했다.

"난들 아냐?"

"넌 책 좀 읽었잖아."

"책 몇 권 읽었다고 이렇게 무식한 성벽을 왜 만들었는지 알 수 있는 건 아니야."

"무식한 건 성벽이 아니라 너희들이지."

마차 문이 열리면서 어린아이가 걸어 나왔다.

유벤이었다.

"하늘 길 요새에 대한 소문을 들어 봤다는 놈들이 왜 만들어졌는지도 모르면 어떻게 하냐. 모르면 생각을 해 보든가. 그러면 대충 유추할 수 있잖아."

둘은 유벤의 독설에 익숙해질 대로 익숙해진 상태였다.

헤레로는 별다른 표정 변화 없이 손가락으로 성벽을 가리키며 물었다.

"유벤 님은 이렇게 거대한 성벽을 만든 이유를 알고 계신 겁니까?"

유벤이 막시와 헤레로에게 한심하다는 눈빛을 던지고 입을 열었다.

"좀 배워라. 배워서 남 주냐?"

"배울 테니까 얼른 알려 주세요."

헤레로의 말과 함께 막시도 사람 좋은 웃음을 지으며 고개를 끄덕였다.

"150년 전에 야만족이 침입한 건 알고 있을 거다. 설마 그것도 모른다고 하진 않겠지? 다행이네. 만약 모른다고 했으면 설명이고 뭐고 다 때려치우려고 했으니까. 잘 들어라. 그 당시 야만족의 침입에 황제는 아주 거하게 충격을 받았어. 황도 코앞까지 뚫려 버렸으니까."

유벤이 하늘 길 요새가 만들어진 배경을 설명하고 있을 때, 성문이 열렸다.

기네스는 요새 안에서 병사들과 함께 뛰쳐나오는 사내를 보고 얼굴이 크게 밝아졌다.

"대장님!"

기네스가 대장이라 부른 사내의 정체는 하늘 길 요새를 책임지고 있는 모락이었다.

"이게 얼마 만이야."

"잘 지내셨습니까?"

모락이 기네스의 어깨에 손을 올려놓았다.

"그건 내가 묻고 싶은 말일세. 다친 곳은 없고?"

"정신적 피로를 제외하고는 멀쩡합니다."

모락이 의아하게 물었다.

"정신적 피로라니?"

기네스의 고개가 자연스럽게 뒤로 돌아가자 모락의 시선도 함께 따라갔다.

그곳에는 어린아이 1명과, 똑같은 얼굴을 한 두 청년이 보였다.

"저들은 누군가?"

"폐하께서 찾으신 이들입니다."

모락은 머릿속에 수많은 의문점이 솟구쳤으나 황제가 언급되자 더는 묻지 않았다.

기네스로서도 반가운 일이었다.

저들에 대해 설명하고자 해도 딱히 할 말이 없었다.

이제 막 용병단을 만든 평민 쌍둥이 형제와, 남부 지역 끝자락에 있는 남작 가문의 막내아들을 대체 무슨 수로 설명하겠는가.

굳이 묻는다면 답은 하나뿐이었다.

황제가 원하셨다.

"자네 덕분에 우리 가족들이 무사히 도착할 수 있었네."

"가족분들이 코렌스에 도착하신 겁니까?"

"그러네. 모두 자네 덕분이야."

"제가 한 일이라고는 연락을 전달할 사람을 소개시켜 드린 것뿐인데요."

"그러니 고맙지. 그자가 게으름을 피우지 않고 제때 연락을

폐황제가
되었다

전달해 가족이 모두 무사히 도착할 수 있었네."

"어쨌든 다행이네요."

"같이 들어가세. 가족들도 자네를 만나 보고 싶어 해. 그리고 은인에게 밥이라도 대접을 해야지."

기네스는 정중히 사양했다.

"아닙니다. 저는 저들을 데리고 폐하를 찾아뵈어야 합니다. 식사는 일을 모두 다 마친 후에 하는 것이 좋을 것 같습니다. 이번 일을 마치고 나면 휴가를 주기로 하셨거든요."

"아쉽긴 하지만 자네의 뜻이 그렇다면 어쩔 수 없지."

"폐하께서는 성에 계시겠죠?"

"당연하지."

"바로 출발하도록 하겠습니다. 대장님에게 밥을 얻어먹기 위해서라도 빨리 갔다 와야죠."

모락이 수레와 마차의 말을 힐끔 살피고 말했다.

"말을 교체해 줄 테니, 얼른 다녀오게나."

설리반의 할아버지인 홀겐과 함께 온 5명의 수염 고래 마을 원로들을 만난 익스는 크게 만족했다.

깊은 이야기를 나눈 것은 아니지만 그들이 가진 능력이 어느 정도인지 파악할 수 있었다.

그리고 설리반의 스승들이라는 점 하나만으로도 증명은 끝난 것이나 다름이 없었다.

　　익스는 홀겐 일행에게 이번에 1선단이 가져온 화폐에 대한 질문을 던졌다.

　　화폐의 가장자리를 톱니 모양으로 만든 의도가 무엇일지 말이다.

　　홀겐을 시작으로 5명의 원로들은 주거니 받거니 의견을 교환했다.

　　"화폐의 훼손을 방지하고 화폐가치를 지켜 낼 방책 중 하나일 것입니다."

　　"금화나 은화의 끝을 긁어 내 금가루와 은가루를 챙겨 이득을 보는 이들은 오래전부터 존재했고, 그것이 극심해지면 금화가 반 토막 나는 경우도 많았지요."

　　"맞습니다. 금화가 반 토막 나면서 1골드는 더 이상 1골드가 아니게 됐고, 그로 인해 화폐가치가 들쭉날쭉 되어 버렸지요."

　　"제국 초창기에 이와 비슷한 일이 있었습니다. 애써 보급했던 화폐의 가치가 요동치자 결국에는 물물교환이 이루어졌지요."

　　"마법사를 동원해 재빨리 수습했지만, 만약 그러지 않았다면 혼란이 상당 기간 지속되었을 것입니다."

　　"현재 제국에서 화폐를 어떻게 관리하는지는 모르겠으나

폐황제가 되었다

이런 식으로 화폐를 만들어 보급한다면 꼼수를 부리기 어려울 것입니다."

"화폐 앞뒤에 정교한 문양을 넣은 것도 같은 이유일 것입니다."

설리반의 말처럼 홀겐과 5명의 원로들은 지혜로울 뿐만 아니라 실무 경험까지 갖춘 베테랑이었다.

한 가지 아쉬운 점이 있다면 나이가 많다는 것이다.

의욕 가득한 눈빛을 하고는 있었지만 쇠약해진 몸은 어찌할 수 없었다.

하지만 이들이라면 과도기를 충분히 넘길 수 있을 것 같았다.

인재를 찾아 키울 때까지는 저들이 버텨 내 줄 것이다.

신뢰의 문제가 아직 남아 있긴 했지만, 설리반과 깊은 관련이 있고 4각 동맹으로 묶여 있었기에 의심은 불필요한 것이었다.

익스는 빌토르와 홀겐 일행과의 만남을 끝내고 부두 인근에 있는 창고로 들어섰다.

창고 안에 들어서니 가득히 채워진 똑같은 크기의 나무 상자가 보였다.

익스는 입을 다물지 못했다.

길이 20m, 너비 10m, 높이 2.5m의 창고 안에 가득 쌓여 있는 상자를 보라.

상자가 쌓여 있는 것은 그리 놀라운 일은 아니었다.

창고에 상자가 쌓여 있는 것은 아주 당연한 일이니까.

하지만 상자 안에 들어가 있는 물건이 무엇인지 알게 된다면 그야말로 억 하는 소리가 나올 수밖에 없을 것이다.

금화와 은화였으니까.

"이렇게 많다고?"

설리반이 말했다.

"소신도 크게 놀랐습니다."

"부탁하긴 했지만 이 정도일 줄은 몰랐는걸."

"물건이 물건인 만큼 신중하게 옮길 필요가 있긴 합니다. 병사들을 동원해 최대한 빨리 옮기도록 하겠습니다."

익스가 손을 흔들었다.

"그럴 필요는 없어."

"성으로 옮기는 것이 아니었습니까?"

"당연히 성으로 옮겨야지. 이 귀한 걸 여기에 그냥 둘 수는 없잖아."

의아한 얼굴의 설리반을 뒤로한 채 익스는 시스템을 활성화한 다음 재빨리 보관함을 열었다.

아이템을 전부 꺼내 놓았기에 현재는 열 칸이 전부 비워진 상태였다.

익스는 창고에 있는 상자를 시스템 보관함에 넣었다.

보관함 안에 상자 그림이 새겨진 아이콘이 생성되었고 아이콘 하단에 숫자 1이 표시됐다.

'이건 얼마나 겹쳐지려나?'

익스가 상자를 시스템 보관함에 넣을 때마다 아이콘 하단의 숫자가 늘어났다.

99에서 100이 되자 보관함에 새로운 상자 아이콘이 생성되었고, 하단에 숫자가 표시됐다.

'이건 100개가 끝이구나.'

익스가 요정 마을을 찾은 이유 중 하나가 바로 이것 때문이었다.

금화와 은화를 안전하게 옮기기 위해서였다.

이 모습을 지켜보고 있던 설리반은 마치 유령이라도 본 것처럼 넋이 나가 있었다.

창고를 가득 채우고 있던 상자가 순식간에 사라졌다.

"폐, 폐하?"

"많이 놀란 모양이네."

설리반은 떨리는 몸만큼이나 목소리도 심하게 떨리고 있었다.

"창고에 있던 상자들이 어디로 사라진 것입니까?"

"자넨 처음 보겠군. 짐한테는 마법 주머니가 있거든."

"아!"

"자네가 생각하는 그게 맞을 거야. 요정 대륙에서 넘어온 귀한 물건을 함부로 옮길 수는 없잖아."

"아, 이것들을 마법 주머니로 옮기기 위해서 오신 것이군요."

"겸사겸사지. 어쨌든 할 일을 마쳤으니까 성으로 돌아가야겠지. 자네도 준비해. 새로운 관리관이 온 마당에 여기 남아 있어서 뭐 하겠어?"

"아닙니다. 소신은 조금 더 이곳에 남아 있어야 할 것 같습니다."

"남겠다고?"

"시간이 필요할 것 같습니다."

"짐이 보기엔 굳이 남아 있을 필요가 없는 것 같은데."

"확실하게 인수인계해야 하지 않겠습니까."

익스가 의심의 눈초리를 거두지 않자 설리반은 하늘을 우러러 한 치의 부끄러움도 없다는 듯 말했다.

"종족들이 지닌 특성으로 인한 오해를 제대로 풀어내지 못한다면 뒷감당이 어려워질 수도 있습니다."

익스는 설리반이 일부러 홀겐 일행을 피하는 것 같다는 인상을 받았다.

"너무 단호하니까 더욱 의심스럽군."

"폐하께서 그렇게 느끼셨다 해도 소신으로서는 어쩔 수 없으나, 분명한 사실이옵니다."

"그렇단 말이지. 좋아, 그렇게 자신한다면 자네 스승들을 남부 지역으로 내려보내도 되겠군."

철옹성 같았던 설리반의 얼굴에 금이 갔지만 그는 이내 또 랑또랑하게 답했다.

"그리하셔도 무방합니다."

다음 권으로 이어집니다

꿈의 도약, 로크에서 하십시오
(주)로크미디어에서 신인 작가를 모십니다

즐거운 세상, 로크미디어는 꿈을 사랑하고 도전을 두려워하지 않는 작가 분들의 참신한 작품을 기다리고 있습니다. 21세기 장르 문학계를 이끌어 갈 차세대 선두 주자 (주)로크미디어에서 여러분의 나래를 활짝 펴 보시길 바랍니다.

모집 분야 판타지와 무협을 포함한 장르 문학
모집 대상 아마추어 작가, 인터넷 작가
모집 기한 수시 모집
   작품 접수 시 유의 사항
   1. 파일명은 작가명_작품명.hwp형식을 갖춰 주십시오.
   1. 파일에 들어갈 내용은 다음과 같습니다.
      ─ 성명(필명인 경우 실명을 밝혀 주세요), 연락처, 이메일 주소
      ─ 제목, 기획 의도
      ─ A4용지 1장 분량의 등장인물 소개
      ─ A4용지 2장 분량의 전체 줄거리
      ─ 본문
   1. 작품이 인터넷에 연재되고 있다면, 게시판명과 사이트의 구체적이고 정확한 주소를 기재해 주십시오.

선택된 작품은 정식 계약 후 출판물로 간행되어 전국 서점에 유통됩니다.
작가 분은 (주)로크미디어의 전폭적인 지원하에 전속 작가로 활동하시게 됩니다.
※ 자세한 내용은 로크미디어 홈페이지(rokmedia.com)를 참조하세요.

(03920)서울시 마포구 성암로 330 DMC첨단산업센터 3층 318호
(주)로크미디어 편집부 신간 기획 담당자 앞
전화 : 02) 3273-5135
www.rokmedia.com   이메일 : rokmedia@empas.com

ROK MEDIA
로크미디어
맹물사탕 현대 판타지 장편소설
다시 사는 재벌가 망나니
1994년으로 돌아간 재벌가의 사냥개
슈퍼 국민학생 되다!
억울하게 재벌가 망나니와 함께 죽었는데
눈떠 보니 30년 전 초딩, 아니 국딩?
심지어 내가 아닌 그 망나니 놈의 몸!
정신없는 재벌가의 밥상머리 경제학과 함께
시나브로 회복하는 망나니 시절의 평판
과거 지식으로 연예계, IT 안 가리는 사업 성공까지
"그나저나…… 30년 뒤 이 몸을 죽이라고 사주한 건 누구지?"
재벌가 도련님으로 시작하는 두 번째 인생
엄친아를 뛰어넘는 국딩 CEO 라이프!

폐황제가 되었다

송제연 판타지 장편소설

팔자 편한 빙의물은 가라!
고생길 예약된 독자 출신 폐황제가 보여 주는
본격 스포 주의 생존기!

인기 없는 판타지 소설 '포킹덤'의 유일한 독자 민용
갑작스러운 완결 소식에 놀랄 새도 없이
다음 날, '포킹덤'의 폐황제 익스가 되어 눈을 뜨는데……

'그런데 이 녀석…… 사흘 뒤에 죽지 않나?'

외진 땅, 부족한 인재, 부실한 재정
뭐 하나 멀쩡한 게 없는데 목숨까지 왔다 갔다 한다?
믿을 구석은 대륙 곳곳에 숨어 있는 인재들뿐!

앞일을 내다보는 황제에게 불가능은 없다
모든 건 내 머릿속에 있을지니!